BoD™
BOOKS on DEMAND

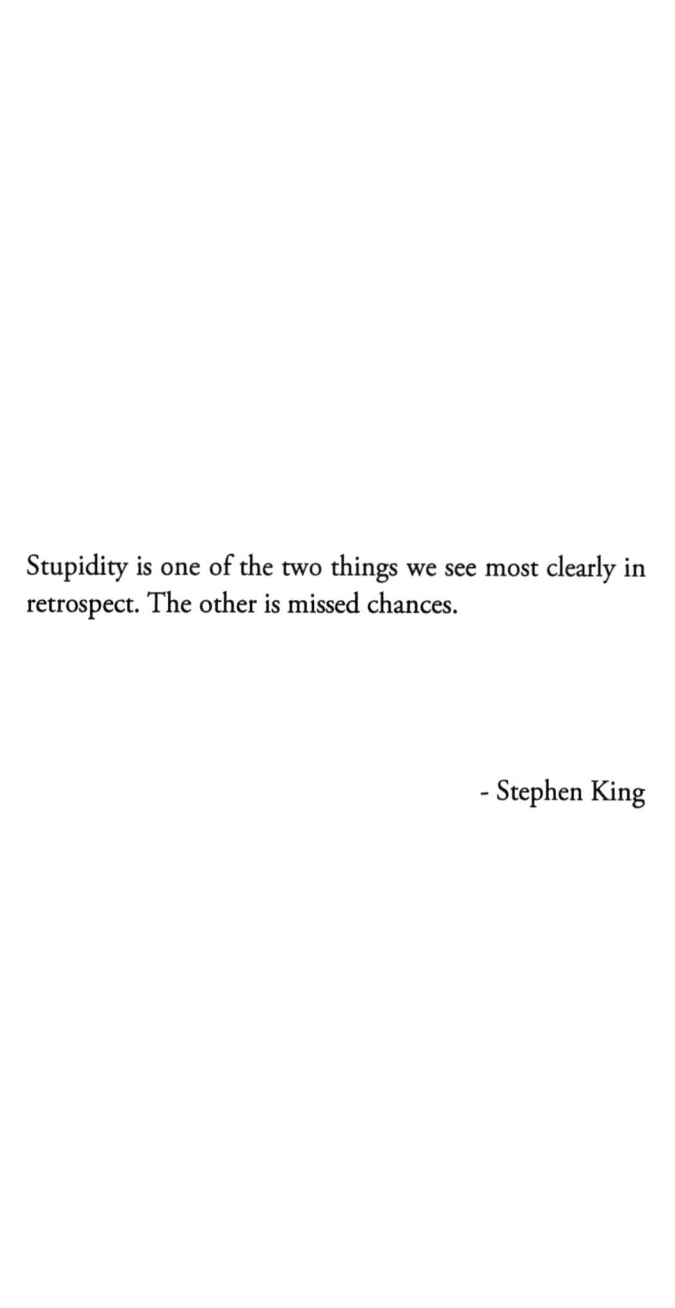

Stupidity is one of the two things we see most clearly in retrospect. The other is missed chances.

- Stephen King

Der Tag
an dem
David Bowie
starb

Christopher
Steigerwald

Bibliografische Information der Deutschen Nationalbibliothek:
Die Deutsche Nationalbibliothek verzeichnet diese Publikation in der Deutschen Nationalbibliografie; detaillierte bibliografische Daten sind im Internet über http://dnb.dnb.de abrufbar.

Illustrationen: Philipp Hallaczek

Herstellung und Verlag: BoD – Books on Demand, Norderstedt

ISBN: *978-3-7460-2841-5*

Vorwort

Es gibt viele Arten von Geschichten. Wahre. Weniger wahre. Geschichten, die frei erfunden sind, ohne dass auch nur ein Fünkchen Wahrheit in ihnen steckt.

Und es gibt Geschichten, bei denen man nicht so recht weiß, was man von ihnen halten soll. Weil sie sich im Schattenreich bewegen.

Und vielleicht gibt es auch gar keine wahren Geschichten.

I

1

Man kann eine Zigarette auch an einer anderen Zigarette entzünden. Ganz ohne Feuerzeug.

2

Irgendwie hat man ja irgendwann alles schon mal gesehen. Alles schon mal erlebt. Und doch geht man oft damit um, als wäre es neu. Als wäre es einem noch nie über den Weg gelaufen.
Und es sind ausgerechnet die schönen Dinge, die mit der Zeit ihren Zauber verlieren. Oder im Laufe der Jahre. So empfinde ich es zumindest.

Als ich klein war, wollte ich immer Zirkusdirektor werden. Dabei war ich noch nicht mal oft im Zirkus gewesen. Allein das Zelt! Sägespäne auf dem Boden, der Geruch! Eine Mischung aus allem Möglichen, den Tieren, Zuckerwatte.
Warum ausgerechnet Zirkusdirektor? Ich weiß es nicht. Mutige Männer, die Tiger durch Reifen springen ließen, Artisten, die waghalsig in schwindelerregender Höhe

ihre Kunststücke vorführten, all das nahm ich zur Kenntnis. Der Direktor moderierte das alles ja eigentlich nur. Und doch übte er auf mich die größte Faszination aus. Allein das Revers mit den goldenen Knöpfen! Erst der Applaus, wenn er die Manege betrat und dann Lauschen. Die Show konnte nicht beginnen, bevor er sie nicht eröffnet hatte. Die Magie kam nach ihm, aber er schwang den Zauberstab. Vielleicht war es das.

Heute gibt es kaum noch Zirkusse. Die Zeit ist eine andere. Es ist zu gemütlich. Zu langsam. Man kann sich das auch alles Zuhause ansehen. Auf YouTube oder so. Aber darauf will ich eigentlich gar nicht hinaus.

Das, was den Zirkus ausgemacht, was ihn besonders gemacht hat, als ich noch ein Kind war, würde ihm heute nicht mehr inne wohnen. Für mich. Als Erwachsener. Und das liegt nicht daran, dass er aus der Zeit gefallen ist. Es liegt an mir. Ich bin ein Anderer, als ich es damals war. Ich bin kein Kind mehr, das ist offensichtlich. Was aber bedeutet das? Es bedeutet, dass ich älter geworden bin, dass ich Erfahrungen gesammelt habe. Dinge erlebt, Dinge gesehen habe. Einmal. Die meisten mehrfach.

Ich glaube, dass ich mich heute langweilen würde, würde ich eine Zirkusvorstellung besuchen. Ich habe es ein paar Mal gesehen. Die Faszination lässt jedes Mal ein wenig nach.

Man lacht ja auch über ein und den selben Witz nicht jedes Mal gleich laut. Wenn er gut ist, lacht man auch beim zweiten Hören darüber. Das war's dann aber auch.

Beim nächsten Mal schmunzelt man noch. Und irgendwann ist man genervt.

Wie ich zu Beginn gesagt habe, sind es die schönen Dinge, die ihre Farbe verlieren mit der Zeit, die ausbleichen, wie der Lieblingspulli, den man zu oft gewaschen hat.

Die Freude über Geschenke! Immer mal wieder ist ein besonderes dabei. Eins, das man so nicht so erwartet hat, oder eins, das besondere Zuneigung ausdrückt, weil es zeigt, wie eine andere Person einen kennt und mag. Oder weil jemand sehr viel Zeit investiert hat in das Geschenk. Aber wer interessiert sich noch für den x-ten Gutschein? Den x-ten Strauß Blumen, das x-te Buch? Man bedankt sich artig, legt es zur Seite und hat es fast im selben Moment vergessen. Dann geht ein Jahr vorüber und man bekommt das gleiche wieder geschenkt. Man freut sich pflichtschuldig. Man wird ja auch bereichert. Das löst immer ein gutes Gefühl aus. Zumindest kurz. Aber was hat es noch damit zu tun, als Kind die Kerzen am Weihnachtsbaum zu sehen, wie sie flackern und darunter liebevoll verpackte Päckchen liegen zu sehen? Jeder erinnert sich noch an das Gefühl. Die Aufregung, die Glückseligkeit. Gar nicht erwarten konnte man es, endlich alles auszupacken. Die Tage vorher, die gar nicht schnell genug vorbei gehen konnten, aber genau das Gegenteil war der Fall; sie zogen sich wie Kaugummi.

All das verschwindet mit der Zeit. Es weicht Routine. Eben weil man es schon so oft erlebt, schon so oft durchgespielt hat.

Wie gesagt, habe ich das Gefühl, es betrifft nur die positiven Dinge. Die lustigen, die harmonischen, die Momente, die Glücksgefühle auslösen sollten. Nicht aber die Dinge, die einen beschweren, die einen traurig machen.

Gott weiß wie viele Beziehungen, sei es in der Entstehung, nach kurzer Zeit, oder auch erst nach Jahren ich beendet habe. Und ein paarmal war auch ich derjenige gewesen, der verlassen wurde. Oder verschmäht wurde.

„Eine letzte Zigarette, bevor ich gehe?", frage ich ihn. Er nickt wortlos. Ich muss nicht weinen. Aber ich glaube, es fehlt nicht viel. Und ich frage mich, wie wir an diesen Punkt gekommen sind. All die Dinge, die im letzten Jahr geschehen waren. Sein Gesicht scheint bereits jetzt zur Erinnerung zu verschwimmen, obwohl er noch vor mir steht. Mich ansieht. Aber nur kurz. Er kann meinem Blick nicht standhalten. Nicht, weil er sich schämt. Das nicht. Auch nicht, weil er sich schuldig fühlt. Vielleicht will er es mir auch nur nicht noch schwerer machen.

Die Flamme schlägt aus dem Feuerzeug empor. Sie entzündet meine Zigarette, dann seine. Wir schauen in unterschiedliche Richtungen.

Wie also kam es dazu, dass wir hier stehen, kurz davor uns ein letztes Mal begegnet gewesen zu sein?

Man weiß ja des Öfteren nicht so genau, wo man anfangen soll zu erzählen. Zumindest nicht, wenn es sich um eine längere Geschichte handelt. Oder, wenn man gar nicht genau festmachen kann, wo etwas begonnen hat. Sicher, eine Lebensgeschichte beginnt mit der Geburt und endet mit dem Tod. Darauf kann man sich einigen. Es steht ja auch so auf dem Grabstein. Von bis. Aber wie ist es mit den Teilstücken? Haben Sie jemals die Platte 'The dark side of the moon' von Pink Floyd gehört? Falls nicht, sollten Sie das tun, aber das nur am Rande. Worauf ich hinaus möchte, ist, dass man bei diesem Album nie so genau weiß, wann ein Song aufhört und der nächste beginnt. Alles geht ineinander über.

Und so ähnlich ist es mit dieser Geschichte. Mit einem Unterschied: Ich weiß, wie sie endet. Wo sie endet. Und wann. Nämlich genau jetzt. Wenn ich den letzten Zug meiner Zigarette genommen und sie auf den Bürgersteig geschnippt habe. Wir würden noch einmal seufzen und uns kurz in die Augen sehen. Sehr kurz. Betreten und auch ein bisschen unschlüssig. Ich werde einen Schritt auf ihn zugehen und ihn umarmen. Er wird es erwidern. Ein paar Sekunden lang. Vielleicht fünf, keinesfalls aber länger als zehn. Vielleicht ein Kuss auf die Wange, aber wohl eher nicht. Ich streiche ihm über die Schulter. Und dann? „Mach's gut!", wird wohl einer von uns sagen. Oder so etwas ähnliches. Kein „bis bald", es gibt kein bald. Nicken. Dann dreht sich jeder um und geht seines Wegs. Mit jeder Sekunde entfernt man sich von dem Moment. Von diesem letzten Moment, in dem man sich gesehen hat. Gerochen. Man bringt Meter zwischen sich. Bis man soweit von einander entfernt ist, dass man sich nicht mehr hören kann, selbst wenn man so laut schreit wie man kann. Irgendwie ist das das Endgültigste. Ich könnte mich umdrehen. Rufen, winken, aber es wäre nur für mich. Und für ein paar Passanten, die mich schräg ansehen, sich ansonsten aber um ihren eigenen Kram kümmern würden. Nichts, was sie so oder so ähnlich nicht schon mal gesehen hätten. In einer Großstadt wie dieser gibt es allerlei merkwürdige Gestalten. Manche wirken verrückter als sie sind. Ich vermute aber, bei den meisten ist es umgekehrt.

Als wir uns vor einer Stunde getroffen hatten, um spazieren zu gehen, hatte mich schon nach wenigen Metern eine ältere Dame angerempelt. Nicht versehentlich. Aber auch nicht wirklich absichtlich. Ich sah sie schon einige Schritte, bevor sie in mich hinein rannte. Sie sah adrett gekleidet aus, ging leicht gebückt. Sie hatte mich auch gesehen, steuerte aber schnurstracks auf mich zu. Ich wollte ihr ausweichen, aber dennoch rempelte sie mich mit ihrer Schulter an. Sie war deutlich kleiner als ich. Das wirklich merkwürdige folgte aber danach. Sie beschimpfte mich und fuchtelte mit ihrer Hand in meine Richtung, war gar nicht mehr einzukriegen.

Ich wunderte mich zwar nicht, wie die Passanten hatte ich auch alles in irgendeiner Form schon mal gesehen, ich fragte mich allerdings, was sie dazu veranlasst hatte. Seltsame Menschen gibt es wie gesagt eine Menge. Ich fragte mich stets, was dazu geführt hat, dass sie es wurden.

Wenn man lange genug in dieser Stadt wohnt, ist das eben so. Ich weiß auch gar nicht so genau, warum ich davon berichte. Es unterstützt meine These, dass man vielen gar nicht ansieht, dass sie verrückt sind, aber sonst?

Nun, sonst passte es auf eine groteske Art und Weise in die Situation. So begann also unser letzter Spaziergang zusammen. Die Stimmung hatte sich ohnehin seltsam angefühlt, die alte Frau also irgendwie ins Bild gepasst. Keiner von uns beiden hatte zu diesem Zeitpunkt offen ausgesprochen, dass es der letzte sein würde, aber nichts desto trotz war es uns beiden klar. Eigentlich war es auch erst unser zweiter Spaziergang. Wir hatten das sonst nie gemacht.

Der erste Mal war, als wir uns kennengelernt hatten. Es war im Frühling. Wir waren den Fluss entlang gegangen. Auf der Suche nach Gesprächsthemen.

Und dennoch bin ich mir immer noch nicht sicher, ob die Geschichte mit diesem Nachmittag im Frühling beginnt. Es kommt auch ein bisschen darauf an. Darauf, ob ich unsere Geschichte erzähle. Oder meine.

Seit fast vier Jahren wohne ich in dieser Stadt. Es ist meine erste Großstadterfahrung. Vorher war alles etwas beschaulicher. Aber ich war in meinen Zwanzigern zur Zeit des Umzugs und hatte genug von der Statik meiner Umgebung. Ich wollte Bewegung, ich wollte Melting Pot, ich wollte raus aus der Piefigkeit. Und außerdem war ich Single gewesen. Zum ersten Mal seit Jahren. Das passte nicht in das kleine Nest, in dem ich mich nicht mehr so recht zugehörig fühlen wollte. Zu wenig Auswahl. War doch die Wahrscheinlichkeit ohnehin schon so gering, jemanden kennen zu lernen, mit dem man häufiger ein Glas Wein trinken, häufiger plaudern, häufiger schlafen mochte. Der einem schlicht nicht so rasch auf den Geist geht. Ich weiß auch nicht, ob das nur mir so geht. Mir gehen Leute ungeheuer schnell auf den Geist. Es liegt beileibe nicht immer an ihnen. Vermutlich liegt es mehr an mir. Aber ich habe keine Ahnung warum. Und es sind unterschiedliche Formen von auf den Geist gehen. Mal langweilt mich mein Gegenüber. Oder es nervt mich. In den letzten Jahren hatte ich bereits geglaubt, gar nicht mehr die Fähigkeit zu besitzen, eine Beziehung zu führen. Falls es so etwas überhaupt gibt. Heute glaube ich eher, dass alles seine Zeit hat. Und es war keine Zeit für eine Beziehung gewesen.
Ich hatte trotzdem zwei geführt. Sie waren nur von kurzer Dauer. Rückblickend betrachtet war das von

vorneherein klar. Wie oft tat man Dinge, ohne zu wissen warum, nur um sie einige Zeit später zu begreifen. Ich frage mich manchmal, was ich wohl morgen über das denken würde, was ich gerade dachte. War man eigentlich jemals so richtig zurechnungsfähig? Aber ich verheddere mich schon wieder.

Ich zog mit einem alten Freund zusammen. Wir kannten uns seit Jahren und verstanden uns wunderbar. Zwei Junggesellen in der Großstadt. Es waren die besten Vorzeichen. Wir wohnten in einer Altbauwohnung. Schon ein wenig heruntergekommen und immer mal wieder hatten wir einen Wasserhahn oder einen Lichtschalter in der Hand, nachdem wir ihn bedient hatten. Aber es hatte auch einen gewissen Charme. Nicht nur die Wohnung und ihr alter, knarzender Parkettboden, die Flügeltür, die zu meinem Zimmer führte, auch das Viertel in das es uns verschlagen hatte, hatte Charme. Es war ein bisschen zwielichtig. Drogenabhängige und Prostituierte bildeten ungefähr die Hälfte der Passanten. Dazwischen Bänker, auf dem Weg zum Bahnhof. Es war ein Potpourri aus nicht zueinander passen wollenden Gestalten. Und überall kleine Läden, Restaurants und Bistros. Keine Nationalität, die nicht vertreten war. Ein Kiosk direkt neben unserer Wohnung wurde von einem älteren Mann aus Eritrea geführt. Wir schlossen Freundschaft. Schließlich kristallisierte ich mich auch schnell als einer seiner besten Kunden heraus. Eine Flasche Wein, ein Päckchen Zigaretten. Ich war beinahe jeden zweiten Tag bei ihm. Wir unterhielten uns auch häufig einfach so ein paar Minuten. Über Fußball, über das Viertel, oder was auch immer gerade aktuell war. Ich mochte ihn gern leiden und ging immer zu ihm, auch wenn er teurer war, als die meisten seiner Kollegen. Aus Sympathie. Und ja, auch ein bisschen aus Faulheit.

Ich möchte versuchen, die Geschichte so ehrlich wie es mir eben möglich ist zu erzählen. Sicher, an jedes kleine Detail erinnere ich mich nicht mehr. Trotzdem. Ob das alles dann interessant ist? Oder überhaupt das Papier wert ist, auf dem es gedruckt ist? Ich weiß es nicht. Das muss wohl jeder für sich selbst entscheiden.

Ich fing erst nach dem Umzug an zu rauchen. Ich hatte es eigentlich ein paar Jahre vorher aufgegeben. Aber es passte einfach zu gut in mein neues Leben. Mein Mitbewohner rauchte ebenso. Wie ein Schlot. Das spielte bestimmt auch eine Rolle. Er hat mittlerweile aufgehört. Ich nicht. Rational betrachtet ist es ja eher eine ätzende Angewohnheit. Noch nicht mal der Gesundheit wegen. Ich finde, es obliegt jedem selbst, was er mit der eigenen Gesundheit anfängt. Aber es stinkt nun einmal schlichtweg. Die Kleidung stinkt. Alles stinkt. Der Atem. Man traut sich kaum jemanden zu küssen, der nicht raucht, aus Angst, er fände es eklig. Und doch ist es auch immer wieder zauberhaft. Es kann zwei Menschen auch verbinden. Sogar überhaupt erst einander nahe bringen.

So würde er zum Beispiel schon nicht mehr neben mir stehen, würden wir nicht beide rauchen. So waren wir also noch ein paar Minuten beisammen. Ein paar Momente länger. Bevor sein Rücken hinter einer Straßenbiegung verschwinden würde.

You say you'll leave me
And when the sun is low
And the rays high
I can see it now
I can feel it die

5

Ich studierte noch. Damals, als ich herzog. Ohne Vergnügen. Ich tat es mehr aus Pflichtbewusstsein meinen Eltern gegenüber als aus tatsächlicher Begeisterung heraus. Zu Beginn, die ersten zwei, vielleicht auch drei Semester war es noch auszuhalten gewesen, konnte ich der Materie sogar etwas abgewinnen. Ich habe nicht mit Genuss gelernt, das nicht. Aber ich glaube, das habe ich noch nie wirklich getan, gleich um was es ging, zumindest nicht im Zusammenhang mit schulischem Lernen, universitärem Lernen. Das größte Vergnügen hatte ich immer an Dingen, die ich mir selbst beibrachte.
Ich studierte also ohne es wirklich zu wollen, oder zu wissen, warum. Ich tat es der monetären Absicherung

wegen. Aber das war keine Triebfeder, die aus mir selbst kam. Eher, weil ich dachte, dass das von mir erwartet wurde. Wurde es vermutlich auch.

Zum Glück nahm das Studium nicht allzu viel Zeit in Anspruch. Es ging auch so. War ich gut? Nein. Aber gut genug zumindest.

Das Jahr kippte grade vom Sommer in den Herbst. Es war immer windig. Egal ob Sonne oder Regen. Ich bemerkte bald, dass es an der Stadt lag. Die Häuserschluchten bildeten enge Korridore. Die ersten Wochen störte es mich kaum. Es war noch warm genug, dass der Wind eher eine willkommene Abkühlung bot. Lediglich meine Frisur litt darunter. Kaum hatte ich ein paar Schritte vor die Haustür gesetzt, ähnelte sie bedenklich einem Vogelnest. Regelmäßig.

Entsprechend erreichte ich die Universität am ersten Tag des neuen Semesters. Zerzaust und ahnungslos. Ich wusste weder wo irgendetwas war, noch welche Kurse ich zu belegen hatte. Ich war hoffnungslos überfordert. Ich hasste solche Situationen. Ungewohnte Situationen. Und ich hasste es um Rat zu fragen. Ich hatte mich vorher ein wenig durch die Internetseite der Universität geklickt. Ein paar Informationen hatte ich auch zu Tage gefördert, aber eigentlich wusste ich nichts. Das Gelände war riesig. Unzählige andere Studenten kamen mir entgegen. Ich musterte sie im Vorbeigehen und versuchte zu erraten, was sie wohl studierten. Manchen sah man es an. Sie glauben das seien alles Klischees? Sind es nicht. Kleidung, Gang, Frisur. Man muss sich schon ein bisschen den anderen Löwen im eigenen Gehege anpassen. Nicht zu sehr auffallen.

Einmal musste ich nach dem Weg fragen, was mir unangenehm war, dann fand ich den Vorlesungssaal, in den ich hingehörte. Ich ließ neunzig Minuten quälende Langweile über mich ergehen. Die Professorin war recht jung. Blond, korrekt gekleidet. Aber vor allem ermüdend. Sie schweifte ständig ab. Und von dort, wohin sie abschweifte, schweifte sie erneut ab. Inhaltlich hätte ich das alles in zehn Minuten nachlesen können. Sie brauchte eineinhalb Stunden. Umso erleichterter war ich, als es endlich zu Ende war. Ich ging die große Treppe hinunter. Zusammen mit all den anderen. Wie eine große Schlange bewegte sich der Mob gen Ausgang. Draußen angekommen, pfriemelte ich ein Päckchen Zigaretten aus meinem Mantel und zündete mir eine an. Die Sonne stand hoch. Ich kniff die Augen zusammen und nahm einen ersten Zug. Was eine Erlösung! Es war die einzige Vorlesung an diesem Tag, zumindest vermutete ich es. Ich hatte ja keinen Stundenplan oder auch nur so etwas ähnliches.

Plötzlich sprach mich jemand an. „Weißt du das Passwort für die Materialien?" Ich sah ihn an. Etwas größer als ich. Zotteliger Bart. Übergewicht. Rötliche Haare, die bereits hier und da ausfielen. Braune Cordjacke. Ausgelatschte Schuhe.

War er in der selben Vorlesung gewesen wie ich? Überhaupt, studierte er das selbe wie ich? Er sah aus wie der Nerd-König! Ich weiß noch, dass es genau diese Worte waren, die meine Gedanken formten. Überheblich? Ja, möglich. Aber es waren nun mal meine Gedanken und wie ich bereits geschrieben habe, möchte ich die Geschichte ehrlich erzählen, auch auf die Gefahr hin, dass ich nicht sonderlich sympathisch herüberkomme dabei. Ehrlich gesagt, bin ich mit nicht sicher, ob ich mich selbst sympathisch finde. Halbwegs wahrscheinlich.

Ich sagte ihm, dass ich keine Ahnung hatte. Er hatte auch keine. Er rauchte ebenfalls. Ich sah mich um. Ich war der „Neue", hatte ich schließlich während des Studiums die Universität gewechselt. Alle anderen waren von Anfang an hier. Vielleicht hatte er es deshalb auf mich abgesehen. Ich kannte ja niemanden. Es wäre naheliegend gewesen, sich mit dem schwächsten Jungtier, um bei der Löwenmetapher zu bleiben, zu verbünden. Wahrscheinlich hätte ich ohne großen Aufwand meinerseits einige Vorteile daraus gezogen. Informationen zum Beispiel, über Abläufe, die richtige Kurswahl und so weiter.

Ich wollte dennoch nicht, antwortete knapp. Manchmal kettet einen eine Zigarette auch fest. Ich konnte nicht gehen, bevor ich nicht fertig geraucht hatte. So komisch das klingt. Nach ein paar Minuten hatte ich es überstanden. Ich erfand eine Ausrede, warum ich nach Hause gehen musste.

„Wir sehen uns!", sagte er noch.

„Ja. Genau!", antwortete ich.

Tatsächlich logen wir beide.

6

In den Geschichten der meisten Menschen spielen wir ja bestenfalls die Rolle eines Statisten. Wie der Taxifahrer, mit dem man zwei Worte wechselt, ehe man ihn vergisst. Oder die Kassiererin an der Supermarktkasse. Das ist vermutlich die geringste Form von Kontakt, die man haben kann. Nach ein paar Tagen verschwimmen die Gesichter zu Schemen und verblassen daraufhin gänzlich. Als hätte man die entsprechende Datei von einer Festplatte gelöscht. Das Gehirn schafft Platz für Neues oder Wichtigeres.

Ich weiß nicht mehr genau, wann es war. Es ist auch egal. Ich möchte keine Chronologie der letzten Jahre schreiben. Es geht mir viel mehr darum alles zusammenzutragen, was dazu geführt hat, dass das was passiert ist, passiert ist. Die Reihenfolge spielt dabei keine Rolle.

Jedenfalls war es ein Wochentag. Zwei Freundinnen kamen abends vorbei. Auf ein Glas Wein. Oder vielmehr Gläser. Meistens war unsere Wohnung der Ort, an dem wir uns versammelten. Wir wohnten am zentralsten. Und wir hatten genug Platz. Mein Mitbewohner war nicht zuhause an diesem Abend. Also saßen wir zu dritt im Wohnzimmer, plauderten und tranken Wein. Ich, Julia und Marie. Ja, ich habe mich zuerst genannt. Hätte ich mich nicht zuerst nennen sollen? Egal, mit dem Knigge hielt ich es ohnehin nicht so streng.

Der Bass aus der Wohnung über uns begleitete unsere Gespräche. Im Treppenhaus hing ein Zettel, der alle Mitmieter einlud, einer Einweihungsparty beizuwohnen. Beides hing wohl zusammen.

Marie erzählte die meiste Zeit. Von ihrem Studium (Kunst), dem kürzlich gestorbenen Hund und von der Schwierigkeit ein Oberteil zu finden, in das ihre dicken Titten passen würden. Ihre Wortwahl, nicht meine.

„Was ist bei dir eigentlich so los?", fragte sie dann zusammenhanglos und unterbrach ihren Redeschwall.

Ich sah sie verdutzt an und kratzte mich am Kopf. Ich tat das tatsächlich, wenn ich nachdachte. Oder mir etwas unangenehm war. In diesem Fall eher letzteres. Wobei, ich musste wirklich überlegen, was bei mir los war. Oder vielmehr, ob überhaupt irgendetwas los war bei mir.

„Hm, nichts besonderes. Passt schon alles soweit!" Ich schenkte mir Wein nach.

„Auch noch?", fragte ich und sah nacheinander Marie und Julia an. Einstimmiges Nicken. Die erste Flasche war leer. Ich stand auf, um eine weitere zu holen, verbunden mit dem positiven Nebeneffekt, Zeit zu gewinnen.

Ich kam zurück. Scheinbar war noch kein neues Thema auf der Tagesordnung.

„Was machen die Typen?", fragte mich Marie.

„Same old. Hier und da mal was. Aber nichts wirklich interessantes. Oder zumindest nichts, was erwähnenswert wäre."

„Hm, was ist mit Can?"

„Nicht mehr viel. Wir sehen uns noch ab und zu. Schreiben noch miteinander."

„Kein Sex mehr?"

„Doch. Das schon."

„Hm." Mehr entgegnete sie mir nicht.

Mehr war es nicht. Can war mein Ex-Freund. Es hatte nicht wirklich lange gehalten. Wir trafen uns jedoch noch gelegentlich, weil wir uns gut verstanden. Meistens hatten wir auch Sex, weil er stets gut war. Aber zumindest von meiner Seite aus war da nicht mehr als Freundschaft. Wie es umgekehrt aussah, wusste ich nicht. Aber so war es mir am liebsten. Wie es damals war. Ohne Verpflichtungen. Ohne Abhängigkeit. Und auch wenn ich es gewesen war, der die Beziehung damals beendet hatte, sah ich es nicht als meine Aufgabe an, regelmäßig abzuklären, ob es für ihn in Ordnung war so, ob es seine Gefühle nicht verletzte. Er war ein erwachsener Mann.

Ich zündete mir eine Zigarette an. Wir rauchten alle drei. Marie und Julia selbstgedrehte, ich ganz normale. Zwar war es billiger, sie sich selbst zu drehen, aber ich mochte es nicht. Einerseits konnte ich es nicht, andererseits war es mir zu umständlich. Wenn der Moment sich anfühlte, als verlangte er nach einer Zigarette, wollte ich sie sofort rauchen. Kurz das

Feuerzeug schnippen, fertig. Nicht erst mühsam Tabak in ein Stück Papier stopfen. Das war wenig spontan. „Wollen wir nicht einfach mal oben vorbei schauen?", fragte Julia. Sie hatte bereits länger nichts mehr gesagt.

7

Vor ein paar Jahren, als ich noch in einer anderen Stadt gewohnt habe, damals zusammen mit zwei Freunden und irgendwann einer der beiden beschlossen hatte, auszuziehen, begann die Suche nach einem neuen Mitbewohner. Mindestens zwei dutzend Männer und Frauen hatte ich in diesem Zusammenhang durch die Wohnung geführt und kennen gelernt. Die Entscheidung, mit wem man zusammenleben will, sollte man sich schließlich gut überlegen. Es waren merkwürdige Gestalten darunter, aber auch wirklich nette. Den Zuschlag jedenfalls erhielt ein Psychologie-Student. Rückblickend war es eine gute Wahl gewesen. Wir verstanden uns gut.

An einem Abend nahm er mich mit zu einer Party von Kommilitoninnen von ihm. „Heiße Psychologinnen, da kannst du unmöglich nein sagen!", hatte er gesagt. Er wusste es ja nicht besser. Ich auch noch nicht wirklich zu diesem Zeitpunkt. Zudem hatte meine Ex-Freundin auch Psychologie studiert. Es reizte mich also mäßig. Dennoch ging ich mit.

Der Abend wäre an sich nicht der Rede Wert gewesen. Ich kannte niemanden auf der Party. Zumindest wusste ich noch nicht, dass ich es sehr wohl doch tat. Und somit lief es auf belanglosen Smalltalk hier und dort hinaus. Ein paar Sätze mit einem Mädel und ein paar mit einem anderen. Irgendwann beschloss ich mich an den Tisch, auf dem das Essen, oder besser gesagt, die Snacks standen, zu setzen. Auch der Alkohol stand auf dem Tisch, was ebenfalls praktisch war. Kostenloser Alkohol noch dazu. Als Student war dies eine Gelegenheit, die man für gewöhnlich nicht ausschlug. Ich fingerte in diversen Schälchen herum. Weintrauben, Käse, Salzstangen. So ein Zeug eben. So sah ich wenigstens beschäftigt aus. Und stand nicht einfach nur so in der Landschaft herum. Wie eine Lampe, oder eine Zimmerpflanze.

Nach einer Weile setzte sich ein durchaus hübsches Mädchen neben mich. Vordergründig, um sich ein neues Getränk zu mischen. Aber sie sprach mich an. Nicht umgekehrt. Sie stand auch nicht wieder auf. Wir kamen ins Gespräch.

„Woher kennst du Tanja eigentlich?", fragte sie mich recht am Anfang unseres Gesprächs.

„Wen?", entgegnete ich, während ich mir ein Bier mit einer Plastikflasche öffnete. Ich rauchte zu der Zeit nicht, also hatte ich auch kein Feuerzeug zur Hand.

„Na Tanja!" Sie klang so, als müsste man Tanja auf jeden Fall kennen.

„Wer soll das denn sein?" Ich überlegte. Nein, ich konnte nichts mit dem Namen anfangen.

„Sie wohnt hier!" Sie sah mich schräg an. „Du bist auf ihrer Party!"

Damit wusste ich zwar immer noch nicht, wer Tanja war, aber zumindest konnte ich meiner Gesprächspartnerin eine Antwort geben.

Und ja, ich muss sie im weiteren Verlauf Gesprächspartnerin nennen. Denn ich weiß ihren Namen leider nicht mehr. Die letzte Frau, mit der ich geschlafen hatte bis zum heutigen Tag, und ich weiß ihren Namen nicht mehr. Aber es liegt ja schon mehr als fünf Jahre zurück.

Schon wieder verliere ich mich in Nebensächlichkeiten. Warum ich diese Story überhaupt erzähle, ist, weil ich das Mädchen an diesem Abend zum zweiten Mal kennen lernte. Falls es so etwas gibt.

Und das gleiche passierte mir an dem Abend, an dem wir auf die Einweihungsparty über meiner Wohnung gingen. Auch wenn es Jahre später geschah, ähneln sich beide Geschichten. Sie skizzieren besser, wer ich zu der jeweiligen Zeit war, als es alles andere könnte.

Wer auch immer das Drehbuch zu meinem Leben schrieb, ihm schienen nach einem viertel Jahrhundert bereits die Ideen auszugehen. Er besetzte die Nebenrolle einfach mit einem Kerl anstatt einem Mädel und hoffte, dass ich es nicht bemerkte. So kam es mir zumindest vor.

In jedem Fall sind sich beide Storys so ähnlich, dass ich sie auch genau so gut auf einmal erzählen kann:

8

Ich klingelte. Marie und Julia standen hinter mir. Die Tür öffnete ein ziemlich großer Kerl. Groß, nicht breit. „Klassischer Hipster", dachte ich mir. Ich hatte ihn schon ein paar Mal im Treppenhaus gesehen. Mit seiner Freundin, die mit ihm zusammenwohnte. Ein ausgesprochen hübsches Mädel. Er bat uns herein. Wir stellten einander vor, ohne dass sich irgendjemand die Mühe machte, sich die jeweiligen Namen zu merken.

Elektronische Musik wummerte uns entgegen. Es roch nach Gras. Ich kiffte selbst nicht, aber ich mochte den Geruch.

Ich hatte keine vier Schritte in die Wohnung gesetzt, da lief ein junger Mann durch den Flur, auf dem Weg von einem Zimmer ins nächste. Ich blieb wie paralysiert stehen. Unsere Blicke trafen sich. Ich konnte es natürlich nicht beurteilen, aber ich war mir ziemlich sicher, dass wir einen sehr ähnlichen Gesichtsausdruck darboten. Und ebenso, dass in unseren Köpfen das gleiche vorging.

Sie kennen diese Situationen ja sicher auch. Ein Gesicht, das einem bekannt vorkommt, man aber nicht darauf kommt woher. In diesem Fall war es noch okay, da es uns offensichtlich beiden so erging. Unangenehmer ist das ja, wenn nur einer den anderen nicht mehr erkennt. Er ging weiter und verschwand in einem der Zimmer. Ohne sich nochmal umzudrehen.

Julia fragte mich irgendwas. Ich hörte es. Akustisch. Vermutlich habe ich auch geantwortet. Darüber nachgedacht, was ich zu ihr sagte, habe ich in jedem Fall nicht. Mein Gehirn war ausgelastet. Wer war der Kerl? Wir gingen in eines der Zimmer. Dort, wo zwei Männer hinter Plattenspielern Musik spielten. Eine Party mit eigenen DJs also – nicht schlecht! Die Gäste tanzten. Größtenteils. Manche lungerten auch auf der Couch herum. Mehr liegend als sitzend. Vermutlich nach einem Joint zu viel. Oder sogar ganz anderem Kram. Was wusste ich schon, ich kannte die Leute ja nicht.

Die meisten waren jünger als ich. Nicht so sehr, dass ich mich deplatziert fühlte, aber so sehr, dass es mir zumindest auffiel.

Ich hatte noch ein halbvolles Bier in der Hand. Ich hatte es selbst mitgebracht. So wirkte man wenigstens nicht so, als käme man nur des Alkohols wegen.

„Ah, richtig, Tanja", entgegnete ich meiner Gesprächspartnerin. „Kenne ich nicht wirklich", schickte ich noch hinterher. „Mein Mitbewohner hat mich mitgeschleift, er studiert auch Psychologie."

„Ah, verstehe," sagte sie. „Und wie findest du die Party?" Ich runzelte die Stirn. „Ehrlich?", fragte ich sie. Ich trank einen Schluck Wodka mit irgendwas.

Sie musste schmunzeln. „Ja, ehrlich!"

„Entsetzlich langweilig. Blonde Tussis, intelligent, aber ohne Verstand. Dafür genug Alkohol. Ausreichend, in Schulnoten!"

Ihr Schmunzeln wich lautem Lachen.

„Du hast gar nicht mal Unrecht. Und du hast mir gegenüber sogar noch einen Vorteil."

Ich musste selbst grinsen. „Ach ja? Welchen?"

„Du musst nicht mit ihnen studieren. Dir kann egal sein, was sie von dir denken."

„Kann es dir das nicht auch sein, obwohl du mit ihnen studierst? Ich kenne auch nur zwei Leute aus meinem Studiengang und setze mich trotzdem nicht mit dem Fön in die Wanne!"

Sie lachte wieder und spuckte dabei Brösel von einer Salzstange aus, was sie für ein paar Augenblicke etwas unattraktiver erscheinen ließ.

Ich mag es auch nicht, wenn Frauen rülpsen. Nicht dass ich es bei Männern befürwortete, dennoch macht es eine Frau, in meinen Augen, um ein vielfaches unattraktiver, als einen Mann. Gleichberechtigung hin oder her!

Dann stand sie auf und beugte sich über den Tisch, um an eine Flasche Bitter Lemon zu gelangen. Sie hätte mich auch einfach danach fragen können. Die Flasche stand keine Armeslänge von mir entfernt. Worum ging es ihr wirklich? Als sie sich danach streckte, rutschte ihr Top nach oben und entblößte ihren Bauch. Er war flach. Sogar ein bisschen trainiert. Aber insbesondere stach mir eine Tätowierung ins Auge. Geschwungene Linien, die ungefähr von ihrem Blinddarm aus in Richtung ihres Hosenbunds wanderten. Und insbesondere darunter verschwanden. Die Tätowierung endete dort nicht. Ich konnte nicht wegschauen. Ich wusste einerseits, dass das der von ihr beabsichtigte

Effekt war und durchschaute ihr Manöver. Aber, so einfach es war, so wirkungsvoll war es. Ich wurde neugierig. Wohin führte die Zeichnung wohl?

Ein paar Jahre später war es kein Tattoo, das meine Aufmerksamkeit erregte. Vielmehr war es der Rahmen der Begegnung, der ihn so interessant machte.
Und ja, auch sein Name ist mir mittlerweile entfallen. Und ja, ich verwende oft die Phrase, dass ich einfach ein schlechtes Namensgedächtnis habe. Aber eigentlich stimmt das nicht. Ich kann mir problemlos Namen merken. Und ich bin zu der Erkenntnis gelangt, dass es einen Grund hat, wenn ich es im konkreten Fall nicht kann.
Ich nenne ihn jetzt einfach irgendwie, um die ständige Verwendung von Pronomen zu verhindern. David. Warum auch nicht.

Zunächst unterhielt ich mich ein wenig mit dem Kerl, der uns die Tür aufgemacht hatte. Er zeigte mir die Wohnung und sie war tatsächlich genauso geschnitten wie meine, ein Stockwerk darunter. Lediglich der Balkon war größer. Dann redeten wir noch eine Weile über Dinge, an die ich mich zwar noch erinnere, aber keiner Erwähnung wert waren. Danach trollte er sich.
Julia und Maria hatten sich bereits unters Volk gemischt. Julia flirtete mittelmäßig subtil mit einem der

DJs. Maria rauchte mit einem anderen Mädel zusammen.

Ich ging in die Küche, um mein leeres Bier abzustellen. Ich mischte Wodka mit Bitter Lemon in eines der letzten sauberen Gläser, bückte mich nach dem Gefrierfach unter dem Kühlschrank und durchsuchte es nach Eiswürfeln. Eine Form fand ich zwar, aber das Wasser darin war noch nicht gefroren.

Als ich mich wieder aufrichtete, bemerkte ich, dass David mittlerweile hinter mir stand, schelmisch grinsend und die Augenbrauen hebend. Es dauerte ein paar Sekunden, bis ich begriff, warum.

„Dein Ernst?", fragte ich in mit gespielt ungläubigem Tonfall, der aber auch ein Körnchen Wahrheit beinhaltete. Es war mir zu viel Klischee. Genauso platt wie Seife-fallen-lassen-im-Gefängnis-Witze.

Er zuckte nur mit den Schultern und mischte sich ebenfalls ein Getränk.

„Sag du mir, woher! Ich habe keine Ahnung wo ich dich einordnen soll!", sagte ich schließlich, nachdem er keine Anstalten machte, ein Gespräch zu beginnen.

„Wir haben mal geschrieben. Ist aber schon ein bisschen her!", sagte er. Half mir nicht weiter.

„Wir waren beide bei unseren Eltern zu Besuch und nicht weit von einander entfernt", fügte er an, als er es mir ansah. „Wir haben uns aber nie getroffen!"

Dann erinnerte ich mich tatsächlich. Wir hatten geschrieben. Es war eine halbwegs anständige Unterhaltung gewesen. Zumindest soweit ich mich erinnerte. Und ebenso erinnerte ich mich daran, dass eher ich daran interessiert gewesen war, sich zu treffen als er. Es kam dann auch nie zu einem Treffen. Hat sich verlaufen, wie man so sagt. Und ich hatte es auch schon bald vergessen, wie so viele von diesen 'Gesprächen'. Man schickt ein paar Nachrichten hin und her. Es vermischt sich Langeweile mit mäßigem Interesse, also antwortet man. Häufig bleibt es jedoch bei ödem Geplauder, oder dem Austausch von bedingt erotischen Bildern, meistens beides auf einmal.

Ich war mir recht sicher, dass es bei ödem Geplauder geblieben war zwischen David und mir. Keine Bilder.

„Geht ihr später noch mit?", fragte er mich. Wir stießen an. Wir schauten uns dabei in die Augen.

Mir kam das alles immer noch recht surreal vor. Einerseits weil wir uns so zufällig hier getroffen hatten, in dem Sinne, wie es eben ist, wenn man jemanden, den man kennt irgendwo trifft, wo man ihn nicht erwartet. Aber auch, weil es das erste Mal war, dass ich jemanden einfach so traf, ohne mich explizit mit ihm verabredet zu haben. Also so jemanden, meine ich. Es war also die erste Zufallsbegegnung in freier Wildbahn. Hinzukam, dass ich ihn tatsächlich hübsch fand. Und durchaus auch interessant. Ich wusste, dass er studierte. Ich wusste nicht mehr was und falls er es mir nochmal gesagt hat, habe ich es wieder vergessen. Ich glaube es war irgendetwas dämliches, Wirtschaftswissenschaften, oder so. Es ist nur eine persönliche Meinung, aber ich fand 'Wissenschaften' war in diesem Zusammenhang ein Witz in sich.

„Wohin?", fragte ich zurück.

„Wir gehen später noch tanzen! Ins XY, kommt ihr mit?" Der Club hieß selbstverständlich anders, aber ich kann mich nicht mehr an jeder Kleinigkeit erinnern. XY ist ein genauso guter Name, wie jeder andere.

„Hm, ich weiß nicht. Ich weiß nicht, was die anderen beiden vorhaben!", antwortete ich wohl wissend, dass ich ganz sicher nicht mehr mitgehen würde. Es würde zu spät und zu teuer werden. Und überhaupt. Ich war selten besonders scharf darauf in einen Nachtclub zu gehen. Ich tat es auch nicht so häufig, wie andere in meinem Alter. Aber immer noch häufiger, als ich es eigentlich wollte.

Er drehte sich zur Seite, um sich einen Strohalm vom Tisch zu angeln. Ich musterte ihn genauer. Er war etwas kleiner als ich. Auch etwas schmaler. Er trug eine recht enge Jeans. Nicht unangenehm eng. Darüber einen eher schlabbrigen, grauen Pullover. Einen Ärmel hatte er bis zum Ellenbogen hochgekrempelt. Ich fragte mich, weshalb nur einen. Vielleicht war der andere auch nur heruntergerutscht und es war nicht beabsichtigt. Ich hoffte, dass es so war. Er trug eine goldene Uhr. Sie baumelte lose an seinem rechten Handgelenk. In diesem Moment fiel mir ein, dass ich die selbe Scheiß-Uhr trug. Zum Glück trug ich ein Jackett und man sah sie nicht. Und immerhin hatte ich sie mir nicht gekauft, sondern sozusagen ersessen. Irgendjemand mit dem ich vor längerer Zeit mal Sex gehabt hatte, hatte sie bei mir liegen gelassen. Scheinbar war es ihm kein zweites

Treffen wert, seine Uhr zurückzuerlangen. Ich wäre mit beidem einverstanden gewesen.

Ein sehr feminin wirkender Typ kam in die Küche. Er trug eine eindeutig zu enge Jeans. Sie warf keine Falte, sondern lag an, wie eine zweite Haut. Seine Haare waren blondiert. An einer Seite kurz rasiert, auf der anderen länger und entgegen dem Scheitel gekämmt. Ich rümpfte innerlich die Nase. Ich bin mir auch nicht mehr sicher, ob ich es nicht sogar tatsächlich tat. David unterhielt sich kurz mit ihm, dann trollte er sich wieder. Selbst das Getränk, das er sich gemischt hatte, sah schwul aus. Irgendetwas rosafarbenes mit Schirmchen. Er war fast schon zu sehr Karikatur, um wahr zu sein. Ich schüttelte den Kopf. David sah mich an und runzelte fragend die Stirn.

Sie sah mich an und runzelte fragend die Stirn. Scheinbar hatte ich das Tattoo zu auffällig gemustert. Die Linien, die sich ich Richtung ihres Schrittes schlängelten. Oder davon weg. Ansichtssache. Sie war nicht hässlich. Keine absolute Schönheit, aber doch attraktiv. Aber ich habe mich immer gefragt, ob ich mit ihr ins Bett gestiegen wäre, hätte sie dieses Tattoo nicht gehabt. Es machte mich schlichtweg neugierig. Nicht im Sinne, dass ich sofort erregt war. Aber es verlieh ihr einen verruchten Touch. Es sagte ja auch etwas über sie aus. Es verhieß unanständigen Sex. Vielleicht sogar harten Sex. Lange Haare die durch die Gegend geschleudert wurden. Es sagte, „wenn du mir mit acht Minuten Missionarsstellung kommst, kannst du auch gleich zuhause bleiben". Und es machte eben insofern neugierig, dass ich wissen wollte, ob es tatsächlich so sein würde.

Mein Mitbewohner setzte sich zu uns. Er trank ebenfalls Bier. Es kam nicht wirklich ein Gespräch zu Stande. Sie ließ sich anmerken, dass sie sich lieber mit mir alleine unterhalten würde.

Es kam zu keinen Intimitäten an dem Abend. Kein Kuss, kein Händchenhalten, kein beabsichtigt beiläufiges Streicheln. Kein, kaum erkennbar, zu langes Verweilen der eigenen Hand auf der des anderen. Wenn man sich Salzstangen reicht, oder so. Aber es war dennoch deutlich spürbar, dass wir aneinander interessiert waren. Alle anderen Teilnehmer an dieser Party waren mittlerweile reine Staffage. Sie waren da und wuselten durcheinander. Und erlebten ja letztlich auch den gleichen Abend wie wir. Aber ich fühlte mich wie losgelöst davon. Als säßen wir auf einer Drehbühne. Den Hintergrund hätte man willkürlich durchwechseln können. Party, Strandcafé, Supermarktschlange. Es war egal, denn es war eben was es war: Hintergrund. Hintergrund, der nicht in meine, nicht in unsere Realität eingreifen konnte.

Wir stellten außerdem im Laufe des Abends fest, dass wir nicht weit von einander entfernt wohnten. Rückblickend bereits eine Pointe, aber dazu komme ich noch.

Als auch mein Mitbewohner keine Lust mehr hatte und sich noch dazu der Alkoholvorrat dem Ende entgegen neigte, beschlossen wir zu gehen. Wir gingen zu dritt. Sie schob ihr Fahrrad neben uns her, auch wenn sie genau so gut davonbrausen hätte können. Ich erinnere mich nicht mehr an unsere Gesprächsthemen, sie waren vermutlich recht neutral, mein Mitbewohner war ja dabei. Manchmal langt aber auch schon ein beiläufiger Blick, den man einander zuwarf, ein kurzes gütiges Schmunzeln. Da kann man auch über Kartoffelsalat reden. Taten wir vermutlich nicht. Aber es wäre egal gewesen. Und als sich dann zwei Kreuzungen, bevor ich zu Hause war unsere Wege trennten, war es klar gewesen, dass wir Nummern tauschen würden, dass wir uns nochmal treffen würden. „Ja, dann lass uns doch bald mal was machen," sagte sie, als sie sich umdrehte und uns, beziehungsweise hauptsächlich mir noch kurz über die Schulter hinweg zuwinkte.

Aus bald wurde morgen.

„Zu schwul!", sagte ich und nahm einen Schluck von meinem Bier.

„Das ist Liv", sagte David. Er musste ein wenig dabei lachen. „Kein Junge!"

Ich überlegte, was ich unvorteilhafter fand. Die Vorstellung eines Manns, der sich schlicht deutlich zu feminin gab, oder die einer Frau, die ich noch nicht mal als solche identifizieren konnte. Ich meinte es noch nicht mal wertend. Ich konnte nur mit beiden Varianten nichts anfangen.

Wir redeten noch ein paar Minuten über dies und das. Er hatte eine laszive Art an sich, die ich einerseits zu plump, aber andererseits auch anziehend fand. Es waren weder die Worte, die er wählte, noch seine Gestik oder Mimik. Es funkelte lediglich aus seinen Augen. Sein Blick war Versprechung und Geheimnis zugleich. Jedoch war es merkbar beabsichtigt. Vielleicht hätte ich ihn nüchtern nicht besonders interessant gefunden. Umgekehrt gilt natürlich das selbe.

Es gibt selbstverständlich einen Grund, warum wir uns nur noch einmal nach diesem Abend gesehen hatten. Vielleicht auch mehrere, aber der wichtigste war, dass wir einander zwar halbwegs leiden konnten und uns auch nicht völlig unattraktiv fanden, zumindest auf einer körperlichen Ebene, aber ansonsten nicht viel gemein hatten. Ja, für ein Gespräch auf einer Party zwischen Tür und Angel war es okay, sinnloses Plaudern eben, aber nicht mehr.

Man merkt ja schnell, wenn sich das erschöpft. Das erste Mal, wenn man nicht einer Meinung ist, ignoriert man ohnehin. Man lacht vielleicht sogar ein bisschen darüber. Und doch sind es nicht die Momente des Schweigens beim Kennenlernen, die nachdenklich stimmen, sondern diese kurzen Sätze, die jemand so nichtsahnend vor sich hin sagt. Oft sind es eben diese vermeintlichen Kleinigkeiten, die jede Regung, die sich in einem befindet, jede naive Hoffnung, dass dieser

Mensch, der einem, nur getrennt von zwei Tassen Kaffee, gegenüber sitzt, jemand ist, neben dem man am Morgen danach aufwachen möchte, zu Nichte machen. Vor allem nicht mehrfach, oder dauerhaft. Es ist ja auch ein bisschen unfair. Da unterhält man sich stundenlang, hunderte Sätze, tausende Wörter und doch reicht oft so wenig, um einen ganzen Abend an die Wand zu fahren. Wobei, vielleicht nicht den ganzen Abend. Bloß weil der Haus-Familie-Vorgarten-Schwachsinn zu Nichte gemacht wurde, heißt es ja nicht, dass man nicht noch miteinander schlafen kann. Irgendwas muss man mitnehmen aus so einem Abend. Komplett seine Zeit verschwenden möchte man ja auch nicht. Wenn einem der Typ schon nicht wirklich zusagt, charakterlich, nicht optisch, optisch natürlich, sonst hätte man sich ja gar nicht erst verabredet, dann will man wenigstens den Sex-Akku aufladen.

Den Sex-Akku? Ja, den Sex-Akku! Vielleicht kann das auch nicht jeder nachempfinden. Ziemlich viele wahrscheinlich sogar nicht. Schon mal jeder, der in einer Beziehung ist, nicht. Da schläft man ohnehin nur miteinander. Oder sollte man zumindest. Und sicherlich auch der eine oder andere, der nicht in einer Beziehung ist und hauptsächlich damit beschäftigt ist, eine solche zu suchen. Somit kann ich auch nur von mir selbst sprechen. Ich jedenfalls habe einen Sex-Akku. Ich habe das Phänomen einfach mal so getauft, nennen Sie es wie Sie wollen, es spielt keine Rolle. Was ich meine ist folgendes: Direkt nach dem Beischlaf ist der Akku aufgeladen. Man ist befriedigt. Endorphine wurden ausgeschüttet, was ein nicht zu vernachlässigender biologischer Aspekt ist. Endorphine werden nun mal beim Sex, insbesondere beim Orgasmus ausgeschüttet. Und sie führen dazu, dass man sich gut fühlt. Sprich, man ist auf einem emotional und biologisch zufriedenen, beziehungsweise befriedigten Level. Aber es ist das gleiche, wie wenn man das Handy vom Ladegerät entfernt.

Prioritäten beginnen sich zu verschieben, während der Akku sich leert. Insbesondere was die Auswahlkriterien, denen der nächste Geschlechtspartner entsprechen muss, betrifft. Ist man zunächst höchstens bereit mit Supermodells ins Bett zu hüpfen und auch das nur, wenn es für einen nicht den geringsten Aufwand bedeutet, sinken die Anforderungen konstant. Bis nur noch die Voraussetzungen zeitlich 'verfügbar' und 'nicht länger als eine Stunde Fahrt entfernt' erfüllt sein müssen. Nochmal, ich kann nur von mir selbst sprechen. Vielleicht habe ich das auch exklusiv, aber ich bezweifele es.

In jedem Fall tauschten wir Nummern, bevor wir uns trennten an diesem Abend. Er ging noch mit den anderen in einen Club, ich ein Stockwerk tiefer in meine Wohnung. Marie war noch auf ein letztes Bier mitgekommen, Julia war mit den anderen gegangen. Wahrscheinlich hauptsächlich wegen des heißen DJs, auch wenn ich ihn nicht besonders heiß fand. Nicht mal betrunken. Irgendwie gefiel er sich zu sehr in seiner Rolle als DJ. Es machte ihn unsympathisch. Zudem hatte er eine deutlich sichtbare Zahnlücke zwischen 12 und 13, die ihn dümmer aussehen ließ, als er es vermutlich war. Aber jeder hat seinen eigenen Geschmack.

Vielleicht war Julias Akku auch nur leer.

Marie drehte sich eine Zigarette. Sie pfriemelte erst den Tabak aus dem Päckchen, platzierte ihn auf dem Paper und drehte es geschickt. Sie benetzte das ganze noch mit der Zunge, so dass es hielt und fertig war sie, die Zigarette. Kaum länger als eine Minute hatte sie dafür gebraucht.

Ich habe nie gelernt, wie man das macht. Ich glaube auch, dass ich zu ungeduldig dafür bin. Raus aus dem Päckchen, anzünden. Einen größeren Aufwand wollte ich nicht betreiben für eine Zigarette.

Die meisten Zigaretten, die ich geraucht hatte, waren ohnehin sinn-, oder bedeutungslos. Welche, bei denen der Körper schlicht nach Nikotin verlangte. Und nach den ganzen anderen Substanzen. Suchtverhalten eben. Aber es gibt Momente, die an sich schon großartig sind, aber nur von einer Zigarette vervollkommnt werden können. Und es gibt großartige Momente, die man gar nicht erleben würde, würde man nicht rauchen. Beispiel gefällig?

Wann immer ich meine Eltern besuche, die in einem kleinen Vorort einer nicht ganz so kleinen Stadt wohnen, gibt es diesen den Abend oder die Nacht beschließenden Moment. Die letzte Zigarette des Tages. Meist ist es zu diesem Zeitpunkt totenstill. Kein

Verkehr, keine Menschen auf der Straße. Nichts. Ich gehe immer vor das Haus, auf die Straße und lege den Kopf weit in den Nacken. Wenn ich Glück habe, ist der Himmel sternenklar. Wenn ich noch mehr Glück habe, ziehen ein paar Wolkenfetzen vorbei und verdecken den Mond für eine Weile, um ihn dann wieder frei zu geben. Unvorstellbar weit weg. Und ausgerechnet dann, wenn ich den Mond betrachte, der so weit entfernt ist und eine Schwade ins Licht der Straßenlaterne blase, bin ich mir selbst so nahe, wie es eben nur geht. Und ja, es mögen schwermütige Momente sein, voll von Selbstzweifeln, Momente die ich körperlich spüre, die sich seltsam beklemmend und zugleich warm in meiner Brust ausbreiten. Momente, in denen die Schwerkraft so viel stärker zu sein scheint. Die Füße fühlen sich an als würden sie auf den Boden gepresst werden. Und gleichzeitig ist es der Blick auf den Mond, der alles ausgleicht, der nach mir greift. Als würde nicht die Erde ihn anziehen, sondern umgekehrt, und mich mit ihr.

Alles wird langsam um mich herum. Auch ich selbst werde langsam. Ich höre, wie ich einatme und wieder aus. Und ich frage mich, ob ich die selbe Person bin, die sich am Nachmittag des gleichen Tages noch über den Fahrer vor mir aufgeregt hat, weil er ein kleines bisschen zu langsam gefahren ist. Vielmehr frage ich mich, wie viele Personen ich bin. Und welche meinem Kern, meiner Essenz, dem, als das ich mich selbst beschreiben würde am nächsten kommt. Und jedes Mal, wenn dieser Gedanke in mir aufflackert, versuche ich zu hoffen, dass es die Person in diesen raren Momenten ist, in denen ich die letzte Zigarette des Tages vor dem Haus meiner Eltern rauche. Sie ist die, die ich von allen am besten leiden kann.

Möglich, dass, würde ich nicht rauchen, es ein Äquivalent für diesen Moment gäbe. Aber es fällt schwer, mir vorzustellen, welches.

Aber insbesondere die Zigarette lässt den Moment das sein, was jedem innewohnt: Endlich zu sein. Es ist ein klar umrissenes Zeitfenster des in sich gehens. Und das ist wichtig. Denn, und das habe ich definitiv nicht exklusiv, es ist der einsamste Ort, den es gibt. Nur man selbst ist dort. Und eine Menge Nichts. Und man ist nackt dort, egal was man anhat. Und man schaut sich in die Augen. Und es ist gruselig, sich selbst in die Augen zu schauen. Richtig in die Augen zu schauen. Ich glaube auch, dass viele Menschen diesen Ort bewusst meiden. Diesen Ort, an dem man nur mit sich selbst ist. Es lässt sie sein, was sie sind.

Wir saßen auf der Couch. Rauchten und tranken. Wir waren beide bereits ein wenig angeschlagen. Nicht betrunken, aber von einer gewissen Lethargie gezeichnet. Wir saßen beide nicht besonders aufrecht, sondern lungerten vielmehr auf der Couch herum.

„Wer war das eigentlich, mit dem du dich die ganze Zeit unterhalten hast?", fragte sie mich.

„Ach." Ich nahm einen unmotivierten Schluck Bier und streifte mir die Schuhe ab. „So ein Typ eben."

„So genau wollte ich es gar nicht wissen!"

9

Sie kam irgendwann am nächsten Tag vorbei. Es war wohl um die Mittagszeit. Meine Mitbewohner waren nicht da. Nicht, dass die Wohnung besonders hellhörig war und wenn man ein bisschen Musik laufen ließ, konnte man relativ ungestört Sex haben, ohne dass man das Gefühl haben musste, dass ein Zimmer weiter unfreiwillig mitgehört wurde. Ich fand das dennoch stets unangenehm. Zumal es beim Mithören ja nicht bleibt. Unweigerlich formen sich Bilder im Kopf. Man sieht letztlich auch zu. Gewisse Laute lassen sich zuordnen. Ein Klaps auf den Po ist unweigerlich ein Klaps auf den Po. Man musste ihn nur hören, um ihn zu sehen.

Jedenfalls waren wir alleine. Mein Zimmer befand sich direkt nach dem Eingang rechts. Ich bot ihr etwas zu trinken an, sie lehnte ab.

Sie setzte sich im Schneidersitz auf mein Bett Sie trug eine enge Jeans und ein ebenso enges Top. Es gab den Blick auf ein paar Zentimeter Bauch frei. Mein Blick fiel wieder auf das Tattoo. Nochmal, sie war recht hübsch, lange braune Haare, ein graziles Gesicht, dazu ein schlanker Körper; aber ich bezweifele dennoch, dass ich sie ohne dieses Tattoo interessant genug gefunden hätte, um mit ihr im Bett zu landen. Nüchtern noch dazu.

Wir spielten Backgammon. Kein Scherz! Wir waren am Vorabend auf das Thema gekommen. Auch wenn ich längst nicht mehr weiß, warum. So hatten wir uns auch verabredet, also zum Backgammon-Spielen. Nicht ganz so abgeschmackt wie Briefmarkensammlungen zu präsentieren, aber eigentlich auch nichts anderes.

Wir spielten also eins, zwei Runden und unterhielten uns dabei über dies und das. Das Übergeben der Würfel führte dann dazu, dass wir nicht weiter spielten. Jedes Mal berührten sich unsere Finger ein paar Millisekunden länger, als beim Mal zuvor, bis wir die Würfel zur Seite legten und anfingen rumzuknutschen. Wir hatten die Einleitung also hinter uns gebracht. Vielleicht hat sie eine halbe Stunde gedauert, vielleicht eine ganze, länger in jedem Fall nicht. Klar hätten wir auch direkt übereinander herfallen können, es wäre sogar irgendwie ehrlicher gewesen. Aber es hätte die Illusion zerstört sich aus einem anderen Grund getroffen zu haben, denn rumzumachen und miteinander zu schlafen. Ich finde es persönlich nicht sonderlich verwerflich und habe über die Jahre festgestellt, dass es den meisten Männern ähnlich geht. Vielleicht wollen Frauen auch nur sich selbst gegenüber anständiger wirken, als sie sind. Ich weiß es nicht. Ich war nie der Typ für One-Night-Stands gewesen. Zumindest nicht mit Frauen. Mit Männern verhielt es sich anders, aber dazu später mehr.

Wir zogen uns Stück für Stück aus. Sie hatte sogar schöne Brüste. Fest. Nicht zu klein, nicht zu groß. Auch wenn mir Brüste nie wirklich wichtig waren. Ich fand sie nicht sonderlich erotisch. Sie stießen mich natürlich nicht ab, aber es war kein Körperteil, dem ich besondere Bedeutung zumaß.

Dann knöpfte ich ihre Hose auf. Knopf für Knopf. Ich schaute nicht hin, weil wir uns nebenher küssten.

Ich frage mich grade, warum ich das überhaupt so detailliert erzähle? Es ist letztendlich völlig unwichtig, wie das im Detail ablief. Niemand hat den anderen gefesselt, geschlagen, angepinkelt, oder was man sonst so liest in allerlei Romanen. Erotik und die explizite Schilderung von Erotik hat nur dann eine Daseinsberechtigung, wenn sie mehr ist als reine Nabelschau, wenn sie einen Zusammenhang zu dem hat, was erzählt werden soll.

Für diese Geschichte genügt die Tatsache, dass wir miteinander geschlafen haben. Und dass es die letzte Frau war, mit der ich bis zum heutigen Tag geschlafen habe. Das ist nun grob vier Jahre her. Ich vermisse es nicht. Es war okay gewesen. Weniger aufregend als erhofft. Das Tattoo wanderte tatsächlich ein gutes Stück in ihren Schritt weiter. Endete in ihrer rasierten Scham. Aber in dem Moment, in dem ich es komplett freigelegt hatte, verlor es seinen Reiz. Ein bisschen wie mit Lego-Steinen, die man als Kind zu Weihnachten geschenkt bekommt. Sie zusammensetzen und etwas aufbauen war spannend. Sobald es fertig war, war es uninteressant und stand unangetastet in der Ecke.

Wir hatten ein Kondom benutzt. Das machte es noch leichter, sie anschließend zu vergessen.

Aber ich erzähle die Geschichte aus zwei Gründen. Einerseits, weil die Damenwelt mit dieser wenig romantischen Episode beendet war und andererseits, weil ich die Pointe bisher verschwiegen habe.

Als wir fertig waren mit allem, huschte sie ins Bad. Als sie ein paar Minuten später noch nicht zurück war, beschloss ich nach ihr zu sehen. Sie stand im Flur. Nackt. Ihr perfekt geformter Hintern – und es war ein perfekter Hintern, falls ich jemals einen gesehen habe – schaute mich an. Nach ein paar Sekunden drehte sie sich zu mir um und sah nachdenklich drein.

„Die Wohnung kommt mir bekannt vor! Ich bin mir sicher, dass ich hier schon einmal war!"

Er kam irgendwann am nächsten Abend vorbei. Er hatte mir erst spät geschrieben. Recht spontan also. Wir spielten kein Backgammon. Wir lungerten einfach so auf meinem Bett herum, unterhielten uns, tranken Wein und rauchten. Was er trug war egal, was er sagte war egal. Wieder hatte er diese laszive Art an sich. Ich fragte mich, ob ich es nur so interpretierte, oder er einfach immer so drauf war und es gar nicht lasziv gedacht war. Es war zwar egal, was er trug, aber die goldene Halskette, die um seinen Hals baumelte, bestärkte mich dennoch darin, dass es bei diesem einen Abend bleiben würde. Es war keine klobige, wie sie sich amerikanische Rapper um den Hals schmissen, sondern eine zierliche. Ich möchte nicht schon wieder das Wort Hipster verwenden, aber genau so eine Kette war es. Sie passte zu seiner und meiner Uhr.

Und falls Sie sich jetzt die Frage stellen, warum ich mich überhaupt nochmal mit ihm getroffen habe, wenn mir doch von vorneherein klar war, dass es zu nichts führen würde, die Antwort ist zweigeteilt.

Zunächst hat jeder Mann ein Tattoo, wie es die letzte Frau, mit der ich schlief, hatte. Im übertragenen Sinn zumindest. Das männliche Äquivalent ist der Penis. Eine gewisse Neugier bestand immer, wie es denn bei der entsprechenden Person unterhalb des Beckens aussah. Groß? Klein? Krumm, oder gerade? Rasiert, oder nicht? Es gab unzählige Kombinationen. Eine Frau sieht letztlich immer gleich aus. So leid es mir tut. Ich habe ein paar Vaginas in meinem Leben gesehen. Großartig voneinander unterschieden haben sie sich nicht. Mit einer Ausnahme: Sie hatte Ähnlichkeit mit einem toten Schmetterling gehabt. Auch wenn ich mir nicht sicher bin, ob ich überhaupt schon mal einen toten Schmetterling gesehen habe. Der Vergleich drängte sich trotzdem auf.

Beim zweiten Grund weiß ich nicht genau, wie ich ihn taufen soll. Genugtuung war wahrscheinlich, was der Wahrheit am nächsten kam.

Als wir damals miteinander geschrieben hatten, vielleicht grob ein Jahr vor diesem Abend, schien er mäßig interessiert gewesen zu sein, mich tatsächlich kennen zu lernen.

Man sagt immer „das hat sich verlaufen", aber das ist ja letztlich Quatsch. Nichts verläuft sich einfach so. Das eliminiert mir sprachlich zu sehr die Tatsache, dass sich mindestens einer von zwei Menschen dazu entschließen muss, es sich verlaufen zu lassen. Von selbst passiert ohnehin nichts.

Dieses Treffen aber hatte er initiiert, also er hatte mir geschrieben, ob er vorbei kommen könne, oder solle. Was mir die Möglichkeit gab, mich danach nicht mehr bei ihm zu melden. Ob ich ihn damit à la Schillers' Maria Stuart moralisch reinigte, war mir egal. Moralische Integrität wirkt aus der Zeit gefallen. Es ist den Wenigsten noch eine Triebfeder. Ich bilde da keine Ausnahme.

Wir schliefen noch nicht einmal miteinander. Ich weiß auch nicht mehr genau, ob einer von uns einen Orgasmus hatte. Vermutlich schon.

Einfach so mittendrin aufhören, tut man ja eigentlich auch nicht. Auch wenn Frauen oft genug von ihrem männlichen Gegenüber genötigt werden, es zu tun. Das ist schon etwas anderes zwischen zwei Männern. Zunächst einmal ist der männliche Orgasmus nun einmal sichtbar, womit es zur ausgleichenden Gerechtigkeit zwischen den Geschlechtern kommt. Vielleicht kommt die Frau zwar öfters nicht zum Höhepunkt beim Sex, aber dafür kann sie einen Orgasmus vortäuschen, in Ermangelung der Nachweisbarkeit. Ich stelle es mir als äußerst nützlichen Rettungsanker vor, den ich durchaus auch schon ein paar Mal liebend gerne ausgeworfen hätte. Manchmal will man einfach, dass es vorbei ist. Es gibt aber Zeitgenossen, meiner Meinung nach die größten Narzissten von allen, die nicht eher ruhen können, bevor der Partner auch gekommen ist. Aber nicht, weil ihnen etwas an der Befriedigung des anderen liegt, sondern weil man es sich wie ein Abzeichen ans Revers hängen kann, jemanden zum Höhepunkt gebracht zu haben. Und wenn die Person auch noch dazu recht talentfrei vor sich hin werkelt, während man unter Aufbietung aller mentaler Stärke versucht seine Erektion aufrecht zu erhalten, wäre die Möglichkeit einen Orgasmus vortäuschen zu können, eine geradezu himmlische Vorstellung. Gleichzeitig klingt es wie die obskurste Superhelden-Fähigkeit aller Zeiten.

Als ich mich, nachdem die Wohnungstür ins Schloss gefallen war, allein ins Bett legte, war ich mir einerseits sicher, dass ich ihn nicht wiedersehen wollte. Nicht, dass er unsympathisch war, oder unattraktiv, oder sonst irgendetwas. Gut, sein Tattoo war wenig aufregend gewesen. Weder besonders schön, nach sonderlich groß. Vielmehr aber war mir klar, dass es zu nichts führen würde. Ohne, dass ich damals wirklich greifen konnte, warum. Und zu diesem Zeitpunk sah ich eigentlich nur zwei Gründe, sich mehr als einmal zu treffen: Entweder, ich war mir nach einem Treffen noch nicht sicher, dass es nichts werden würde, oder der Sex war außergewöhnlich gut. Beides war selten.

Zudem fand ich die Geschichte auch deshalb so seltsam, weil man sich in einer Großstadt plötzlich auf einer Party über den Weg lief. Noch dazu eine Party direkt über meiner Wohnung. Und das, nachdem man ein Jahr nichts voneinander gehört hatte. Klar, es ist kein wirkliches Kennenlernen, wenn man ein paar Tage über das Internet schreibt, ohne sich jemals von Angesicht zu Angesicht gegenüber gestanden zu haben. Und doch hatte man ja schon ein bisschen vorgefühlt, das Wasser getestet. Und sich entschieden, also hauptsächlich er, dass man nicht hinein springen, ja noch nicht mal einen Fuß hinein halten würde.

Und dann läuft man sich über den Weg, fasst es wahrscheinlich auch noch als Wink des Schicksals auf und beschließt, sich doch zu treffen. Es war, als hätten wir uns ein zweites Mal kennengelernt.

Sie musste sich irren. Unmöglich. Sinnlose und ohnehin nur auf Getratsche hinauslaufende Lerngruppen hatte mein Mitbewohner nie abgehalten. Und mein anderer Mitbewohner war schlicht zu unattraktiv, als dass sie sich mit ihm getroffen hätte. Das ist oberflächlich, ja, aber es ist genauso wahr, wie es oberflächlich ist.

„Bist du dir sicher, dass du die Wohnung nicht verwechselst?", fragte ich, war mir aber recht sicher, dass das nicht möglich war. Eine Treppe, vielleicht vier oder fünf Stufen, führten aus dem Flur ins Wohnzimmer, welches noch dazu seltsam geschnitten war. Was ich damit sagen will, ist, dass man die Wohnung nicht verwechseln konnte. Zumindest nicht mit irgendeiner anderen, drögen Studentenbude. Was nun einmal die Wohnungen waren, in denen sich Studenten bevorzugt aufhielten.

„Ja, bin ich."

„Hm." Sie war nackt. Was die ohnehin schon merkwürdige Situation noch merkwürdiger machte.

„Ach du Scheiße!", sagte sie dann plötzlich. Und man konnte ihrem Gesichtsausdruck entnehmen, dass sie wohl grade einen Erkenntnisgewinn gehabt hatte.

Ich hob lediglich die Augenbrauen und sah sie weiterhin an. Es schien sie nicht zu stören, dass sie nackt war. Sie sah ja auch gut aus. Und sie wusste das.

„Wir kennen uns!", sagte sie. Ich wusste nicht so recht, was ich mit der Aussage anfangen sollte. Ich vermutete, dass sie noch mehr zu sagen hatte und blieb einfach still. Ich bemerkte, dass ich meine Boxershorts falsch herum angezogen hatte. Also auf links. Ich beschloss, dass es mich nicht genug störte, um mich vor ihr auszuziehen und es zu korrigieren. Auch wenn sie noch leichter bekleidet war, als ich.

„Ich weiß jetzt, woher ich die Wohnung kenne. Ich hab mich bei dir beworben. Vor einem halben Jahr, als du einen Mitbewohner gesucht hast. Du hast mir abgesagt!" Ein bisschen verärgert sah sie schon aus. Aber eher so, als ob sie sich selbst nicht sicher zu sein schien, ob sie verärgert sein sollte oder nicht.

Ich hatte zwei Optionen. Entweder, so zu tun, als ob ich mich jetzt, da sie es erwähnt hat, auch daran erinnerte, beziehungsweise an sie, was aber gelogen wäre. Aber immerhin wäre es ein kleines bisschen weniger uncharmant, als in welchen Worten auch immer, ehrlicherweise zuzugeben, dass sie mir nicht in Erinnerung geblieben war. Wie bereits erwähnt, hatte ich grob zwei Dutzend Kandidaten durch die Wohnung geschleust damals. Und ich finde es auch nicht verwerflich den Großteil kurz darauf wieder zu vergessen. Vielleicht sollte man sich dann aber nicht ein halbes Jahr später zum Vögeln treffen. Andererseits war es mir eben einen Moment lang unangenehm. Das war's. Dafür hatte ich halbwegs guten Sex gehabt. Die ganze Nerverei von wegen „Wann sehen wir uns wieder!", „Du rufst nie an!", blieb mir auch erspart. Und ihr würde es in ein paar Tagen auch egal sein.

Sie verzog den Mund zu einer Grimasse, die wohl irgendeine Mischung aus Enttäuschung, Verärgerung und Genervt-Sein darstellen sollte. Sie ging an mir vorbei in mein Zimmer, gab mir noch einen Klaps auf den Hintern und fischte ihren BH unter dem Berg, den unsere Kleidung bildete, hervor.

Wir tranken tatsächlich noch einen Kaffee zusammen. Hinterher. Oft ist der Ablauf ja umgekehrt. Danach verabschiedete sie sich. Eine schlichte Umarmung zum Abschied. Tür zu, fertig. Ich hatte zu diesem Zeitpunkt selbst noch nicht gedacht, dass sich so unprätentiös ein Kapitel meines Lebens bis auf unbestimmte Zeit schließen würde. Was auch der Grund ist, warum dieser Teil der Geschichte dazugehört, denn sie schloss tatsächlich ein Kapitel meines Lebens und war somit eben auch Auftakt zu etwas neuem. Verstärkt dadurch, dass ich wenige Monate später umzog, in die Großstadt, wie ich bereits erwähnt habe. Dazu kam, ja, es war eine Phase des Umbruchs und es war damit auch eine Phase, in der ich nicht wirklich wusste, was ich wollte, was ich vom Leben wollte, von mir selbst. Bestenfalls wusste ich, was ich nicht wollte: Nichts und niemand in meinem Leben, das oder der meine Freiheit beschnitt. Ich brauchte Luft. Jemand an meiner Seite, so fühlte es sich zumindest an, würde dem im Weg stehen. Diese Tatsache sollte zumindest begünstigen, was passierte zwischen uns. Und was nicht passierte.

10

Ich sah auf seine Schuhe. Schwarze Schuhe. Dann wieder auf meine Zigarette. Ich nahm einen Zug und blies den Rauch senkrecht in die Höhe. Dann betrachtete ich die Zigarette. Hauptsache nicht ihm in die Augen schauen. Ich wollte nicht vor ihm weinen und hätte es wohl, wenn ich ihn angesehen hätte. Der gelbe Filter, das weiße Papier, das den Tabak umschloss. Vorne Glut und ein bisschen Asche, die abfiel. Es war wie eine Art Stundenglas. Ein Stundenglas, bei dem es fünf Minuten dauert, bis der Sand einmal durchgerieselt ist. Nur, dass man es nicht wieder umdrehen konnte. Als hätte es ein Loch im Boden, aus dem der ganze Sand verschwand. Korn für Korn, Zug um Zug. Auch er nahm einen Zug, schnippte die Asche mit einer beiläufigen Geste auf den Boden. Was er wohl in diesem Moment dachte? Bestimmt nicht das gleiche wie ich. Wir hatten so wenig gesprochen, während des zurückliegenden Spaziergangs.

Es war dem Spaziergang, bei dem wir uns kennengelernt hatten ähnlich, auch wenn es ein anderes Schweigen war. Nicht desillusioniert, sondern eher aus Unsicherheit heraus. Zudem war es nicht so fürchterlich kalt gewesen, sondern tatsächlich sonnig und warm. Außerdem sind es natürlich ganz andere Vorzeichen, wenn sich Wege kreuzen, als wenn sie sich trennen.

Er war mir einige Zeit vor unserem ersten Treffen schon einmal aufgefallen. Ein paar Gesprächsfetzen hatten wir auch ausgetauscht. Also per Internet. Zufällig beim Bäcker lernt sich heute niemand mehr kennen. Zwei Männer erst recht nicht. Man durchforstet also hunderte Profile. Viele abstoßend und verstörend, manche uninteressant und ein paar vielversprechend genug, dass man eine virtuelle Konversation anleiern will. Eigentlich war er nicht mein Typ. Und das, obwohl ich noch nicht mal einen bestimmten Typ hatte, der mir gefiel. Kein Beuteschema. Trotzdem entsprach er ihm nicht.

Als wir das zweite Mal ins Gespräch kamen, wieder via Internet, schien er interessierter und ich auch. Und er stellte sich als netter Kerl heraus. Er war jünger als ich, Anfang zwanzig, auch ein bisschen kleiner und zierlicher, was mich aber in keinster Weise störte. Siehe: kein Beuteschema. Sein Gesicht war jedoch unglaublich schön und faszinierend zugleich. Die dunkelsten Augen, die ich jemals gesehen hatte. Je nach Lichtverhältnis konnte man die Iris kaum von der Pupille unterscheiden. Außerdem hatte er einen intelligenten

Blick. Manchmal sieht man das bereits in den Augen. Nichts, was ich beschreiben könnte. Aber es war da. Markante Wangenknochen. Ein kleines bisschen Bart hier und da, der im hervorragend stand. Nichts durchgängiges oder gar ein 3-Tage- Bart. Hauptsächlich am Kinn und über seinen geschwungenen und sinnlichen Lippen. Pechschwarze Haare. Einen kleinen Tunnel im Ohrläppchen. Nicht so ein riesiges Ding, durch das man einen Tennisball werfen kann. Ein kleines Dreieck im linken Ohr. Auch das stand ihm hervorragend.

Wir gingen also die Uferpromenade entlang. Die Gesprächsthemen wechselten wir oft, immer wieder unterbrochen von längeren Pausen. Er schien ein bisschen nervös zu sein. Ich war es nicht. Nicht wirklich zumindest. Es war einfach ein weiteres Kennenlernen. Eine Weile nach der Geschichte mit David und dutzenden anderen ähnlicher Treffen. Wieso also nervös sein? Zunächst war mir mein Gegenüber, bis auf wenige Ausnahmen ohnehin egal. Mir ging es ja nicht darum, der Liebe meines Lebens zu begegnen. Nicht mal annähernd. Eine Beziehung suchte ich nicht. Ein bisschen beschnuppern, miteinander schlafen, fertig. Ohne Verpflichtungen, ohne Hintergedanken, was passieren könnte. Ob mein Gegenüber ähnliche Vorstellungen hatte, oder es eher auf etwas ernstes anlegte, war mir herzlich egal. Ich versprach ja nichts. Und selbst wenn ich es getan hätte, hätte ich kein schlechtes Gewissen gehabt.

Zumindest war es damals so gewesen. Unverbindlich.

Wir setzten uns irgendwann auf die Wiese, die sich an den Weg anschloss. Er im Schneidersitz, ich lag mehr, denn dass ich saß. Er rauchte auch. Was gut war. Nicht nur, dass es ihn somit nicht störte, dass ich es tat, aber auch, weil sich damit Gesprächspausen überbrücken ließen. Man saß sich nicht schweigend gegenüber, sondern rauchend. Viel besser.

Er erzählte von der Modeschule, die er besuchte. Ich fand es sogar leidlich interessant. In den Momenten, in denen er davon erzählte, wirkte er plötzlich nicht mehr nervös. Es war sicheres Terrain für ihn. Er erzählte ein peinliches Erlebnis einer Mitschülerin. Ich habe keine Ahnung mehr, worum es ging, aber ich weiß noch, dass er dabei das erste Mal herzhaft lachte. Und es riss mich mit. Ja, er hatte perfekte Zähne ein hübsches Gesicht, aber vor allem waren es die Augen die lachten. Es war ein Moment, in dem ich etwas spürte. Es ging noch nicht einmal darum was, sondern, dass ich überhaupt etwas spürte. Körperlich merkbar fühlte. Über die letzten Jahre hatte ich es zwar auch nicht zugelassen, 2aber es hatte sich auch nicht aufgedrängt. Sprich, ich wollte nichts emotionales, das wollte ich an diesem Tag und mit ihm ja auch nicht, aber es hat auch niemand, sozusagen, versehentlich geschafft. Er schaffte es. Und er brauchte dazu nicht mehr als ein Lächeln.

Allerdings war ich stets gut darin, nichts zuzulassen. Was rational nicht gewollt war, emotional aber aufkam, wurde zur Seite geschafft. Beerdigt. Ich wollte keine Gefühle haben, also hatte ich keine. Es gab nur diesen kurzen Moment, in dem es aufflammte, aber postwendend mein Verstand mit dem Feuerlöscher parat stand. Ich wollte nichts ernstes. Von Anfang an nicht. Ja, er war hübsch, klug, interessant. Dennoch begann ich mich sofort zu verbarrikadieren. Ich weiß nicht, ob es ein Schutzmechanismus war. Es war eine Zeit, in der ich dachte, dass alles einfacher ist, wenn man keine Verpflichtungen hat, nur für sich selbst war, zu jeder Zeit machen konnte, wonach einem war. Sicher ging es auch darum, jederzeit schlafen zu können, mit wem ich wollte. Aber das war nicht alles. Auch sonst tun und lassen zu können, wonach mir war, war für mich das höchste Gut. Nicht unbedingt den Abend mit dem Partner verbringen zu müssen, weil es mal wieder Zeit war, weil man sich so lange nicht gesehen hatte. Partnerschaft assoziierte ich zunächst mit Abhängigkeit. Es war in meinem Hinterkopf negativ konnotiert.

Und so lächelte er vor sich hin, wann immer es etwas zu lächeln gab, allein es drang nicht durch zu mir. Immer nur für diese eine Sekunde. Als bekämpften meine weißen Blutkörperchen einen fiktiven Virus. Und er konnte ja nichts dafür.

Wir lagen nebeneinander im Gras. Parallel zu einander. Nur ein paar Grashalme zwischen uns. Beide hatten wir den Blick gen Himmel gerichtet. Keiner sagte ein Wort. Und doch war es eine angenehme Atmosphäre. Ein leichter Wind zog über uns hinweg, aber es war warm genug, dass er nicht störte, sondern eher erfrischend war. Immer wenn einer von uns etwas sagte, drehten wir den Kopf einander zu und waren nur Zentimeter voneinander entfernt. Und doch blieb jede Berührung aus. Aber wir lächelten, bevor wir uns wieder wegdrehten. Ein Lächeln, das dem Anderen etwas mitteilen sollte. Vielsagend. Nicht, weil irgendetwas lustig war.

Ich bemerkte, dass er ein Tattoo hatte. Nicht im übertragenen Sinn. Tatsächlich. Am rechten Oberarm. Eine Pistole, vielmehr ein Revolver, wie man ihn aus alten Western kannte, deren Lauf Richtung Handgelenk deutete. Ich überlegte, ob ich ihn fragen sollte, warum er sich ausgerechnet dieses Motiv in die Haut ritzen lassen hatte, ließ es aber bleiben.

Ich hatte eine Flasche Wein mitgebracht. Auch wenn es erst Nachmittag war. Es sprach ja nichts dagegen. Das Wetter war schön, die Stimmung entspannt, der Ausblick großartig. Wein passte einfach dazu. Ein Boot fuhr vorbei. Ich wusste, dass es eines der Touristenlinie war. Aber selbst hätte ich es nicht gewusst, hätte ich es den Leuten angesehen. Auf hundert Meter Entfernung. Wir machten uns darüber lustig. Das Durchschnittsalter auf dem Schiff schien jenseits der Sechzig zu sein. Auch darüber machten wir uns lustig. Wenn man in seinen Zwanzigern ist wird man ja nie sechzig. Die Haut ist immer straff, die Zukunft immer unklar und magisch und vor allem kommt man ihr nie näher. Das Alter ist etwas, das so fern ist, dass man sich gar nicht ausmalen kann, wie es sein wird, wenn man selbst dort ankommt. Die Zwanziger sind eine Phase der ewigen Jugend. Unverwundbar. Egal was man macht. Ob man säuft wie ein Seemann, raucht wie Helmut Schmidt, oder sonst ein Schindluder mit seinem Körper treibt. So lange man sich keine Überdosis Heroin oder ähnliches verabreicht, toleriert der eigene Körper so einiges. Es ist fast unmöglich, sich in den Zwanzigern aus dem Leben zu katapultieren. Klar, es ist ein Trugschluss, irgendwann holt einen das alles ein, sprich, wenn man in dem Alter angekommen ist, das die meisten Passagiere des Schiffes in ihrem Ausweis stehen hatten. Aber das ist alles so unrealistisch fern, wenn man zwanzig ist. Oder ein paar Jahre älter.

Wir machten uns also gemeinsam lustig über das Schiff. Und auch über andere Menschen, die am Flussufer entlang liefen. Eine Joggerin, deren grellrosa Outfit selbst eingefleischte Hello-Kitty Fans abgestoßen hätte. Ein offensichtlich schwules Paar, das einen kleinen Köter, der in ätzender Tonhöhe sinnfrei vor sich hinkläffte, spazieren führte. Ja, tatsächlich, darüber machten wir uns lustig. Wir zwei, wie wir da nebeneinander im Gras lagen. Ich weiß nicht, worüber wir die meisten Witze machten. Über den Hund, ihre etwas zu weit aufgeknöpften Hemden, ihren affektierten Gang. Es war ja auch so schön einfach. Homo homini lupus. Der Mensch ist des Menschen Wolf. Eines der wenigen Zitate, das mir aus einer Philosophievorlesung, die ich besucht hatte im Gedächtnis geblieben war. Hauptsächlich wird es Thomas Hobbes zugeschrieben. Allerdings tauchte es in abgewandelter Form bereits beim römischen Dichter Plautus auf. Warum dieser Exkurs? Der Kerl ist bereits seit über zweitausend Jahren tot. Und der Mensch sticht sich weiterhin gegenseitig das Messer in den Rücken. Und sei es nur in diesen kleinen Momenten.

Wir ignorierten die Ambivalenz unserer Flachserei. Es entstand schließlich auch ein bisschen aus der Verunsicherung, die wir beide spürten. Es gibt kaum ein besseres Gesprächsthema, als sich über andere lustig zu machen, wenn man sich nicht sicher ist, worüber man reden soll. Wir konnten ja nicht ständig rauchen.

„Was willst du eigentlich machen, wenn du fertig bist?", fragte er mich, nachdem wir wieder eine Weile geschwiegen hatten. Er meinte nach dem Studium.

„So genau weiß ich das noch gar nicht. Ist ja auch noch ein bisschen hin."

„Wie lange?"

„Ein halbes Jahr."

„Das ist doch gar nicht mehr so lange!"

„Hm. Na ja." Die Fragerei wurde mir unangenehm. Nicht, weil ich nicht darüber nachdenken wollte. Vielleicht auch ein bisschen. Aber vor allem war mir das viel zu persönlich. Wie immer, wenn mir ein Gesprächsthema nicht behagte, lenkte ich ab, wechselte das Thema, oder was auch immer. Ich versuchte mich aus der Situation herauszuwinden, mich wieder auf Terrain zu begeben, auf dem ich mich sicher, auf dem ich mich wohl fühlte. Wie ein Schmetterling, der zurück in den Kokon kriecht.

Es ist mir bewusst, dass das Thema, das er angeschnitten hatte noch nicht einmal besonders persönlich war. Oder intim. Trotzdem löste es sofort einen Fluchtreflex bei mir aus.

In diesem Zusammenhang muss ich nochmal etwas ausholen und Ihnen etwas über mich erzählen, darüber, wer ich war in diesem Frühling. Und warum er sich deshalb in mich verliebte. Und ich mich nicht in ihn.

11

Warum ich mich nicht in ihn verliebt hatte, lässt sich recht einfach erklären: Ich wollte es nicht. Ich erzählte mir selbst Gründe, warum ich es nicht wollte. Ich habe das ja auch bereits erwähnt. Von wegen unabhängig sein, niemandem Rechenschaft schuldig sein und so. Letztlich war das alles Unsinn. Großangelegter Selbstbetrug.

Vielmehr war es die Person, die denjenigen, der sich in mich verliebte, erwarten würde, die jede Annäherung zu Nichte machte. Ich wusste ja, wer ich war. Ich wollte mich selbst niemandem zumuten. Noch nicht einmal aus einem besonders altruistischen Antrieb heraus. Vielmehr wollte ich auch nicht, dass mich jemand abgeschminkt sah. Ich konnte gut aussehen, wenn ich wollte, auch wenn ich kein Supermodell war. Charme hatte ich, auch wenn ich kein Menschenfänger war. Die Version von mir, die auf die Straße trat, war aber durchaus kein schlechter Typ. Einer, mit dem es sich gut Zeit verbringen ließ. Unkompliziert, jovial. Aber irgendwann fällt der Vorhang und übrig bleibt der Kerl, der mittags die Rollladen herunter lässt, sich eine Mütze über die fettigen Haare stülpt und sich mehr als ein Glas Whisky einschenkt, weil er glaubt, dass es ihn kreativer macht. Und weil er sonst nicht einschlafen kann. Und weil er sich dann seinen Ängsten stellen müsste. Weil er sich dann sich selbst stellen müsste. Weil er nur so alles erträgt.

Wer will diesen Kerl sehen, ganz zu schweigen davon, mit ihm zusammen zu sein?

Ich wollte nicht nackt vor jemand stehen, schutzlos, und allein schon die Angst davor, dass das passieren könnte, ließ mich keine Emotion zulassen.

Ich war in der zweiten Hälfte meiner Zwanziger, das sagte ich ja schon. Wohin ich blickte, schienen Leute zu wissen, was sie wollten. Egal, um was es ging. Die ersten Paare, die man noch aus der Schulzeit kannte, heirateten. Auf eine dieser Hochzeiten war ich selbst eingeladen. Es mag ein Klischee sein, aber es ist schlicht ein wenig deprimierend als Single auf einer Hochzeit zu erscheinen. Es wirkt perspektivlos. Und so fühlte es sich auch an. Verpartnert geht das ja noch. Da besteht wenigstens berechtigter Grund zur Hoffnung. Zudem waren die beiden auch noch ein paar Jahre jünger als ich. Nicht viele, aber es genügte, um das Gefühl zu verstärken.

Meine Ex-Freundin, oder auch letzte Freundin, je nach Betrachtungsweise, war auch da. Sie gehörte irgendwie noch zu diesem Freundeskreis, auch wenn sie schon eine Weile weggezogen war. Zu besonderen Anlässen kehrte sie zurück. Selbstverständlich hatte sie ihren neuen

Freund dabei. Ich hatte keine Meinung zu ihm. Ich wollte auch erst gar nicht eine entwickeln. Er war konturlos.

Eigentlich war es eine schöne Feier. Weder steif, noch kirchlich, eher an Zeiten erinnernd, in denen die Generation unserer Eltern groß geworden war. Es sollte eine Hippie-Hochzeit darstellen und es war ihnen tatsächlich gelungen, es weder peinlich noch gestelzt wirken zu lassen.

Irgendwann an dem Abend, es war bereits dunkel, kam ein guter Freund, Jan, zu mir. Ich hatte mir grade ein neues Bier geholt. Die Feier fand im Garten statt, Lichterketten sorgten für eine schummrige Atmosphäre. Er hatte bereits ganz gut einen sitzen und bekifft war er garantiert auch. Er war hippiemäßig gekleidet. Eine ausgebeulte braune Cordhose und einen grob gestrickten, blauen Pulli, zu kurz an den Armen. Nicht des Mottos wegen übrigens. Er lief immer so rum.

Wir stießen an.

„Weißt du, wer dir verdammt ähnlich sieht?", fragte er mich ansatzlos.

Ich schüttelte den Kopf. „Nein, schieß los!"

„Keine Ahnung, wie der Typ heißt, sehe ihn heute zum ersten Mal!" Er lachte, zu laut, zu ausgelassen. Es gab ja keine Pointe.

Ich beschloss nicht weiter darauf einzugehen. Er hatte das Thema auch schon wieder gewechselt. Wir standen noch ein paar Minuten beisammen, plauderten. Ein Pulk an Gästen ging an uns vorbei. Jan sprang wie von der Tarantel gestochen in die Höhe und streckte jemandem den Finger ins Gesicht. Höchstens dreißig Zentimeter von seiner Nase entfernt. Wir sahen uns alle etwas verwundert an. Insbesondere der neue Freund meiner Ex schien überfordert zu sein, was nicht verwunderlich war. Denn erstens kannte er Jan nicht und wer Jan nicht kannte, war beim ersten Zusammentreffen häufig überfordert. Und zweitens war er der, auf dessen Nase der Finger zeigte.

„Da!", rief Jan triumphierend und sah dann mich an, ohne den Arm herunter zu nehmen.

„Da?"

„Das ist der Typ, den ich gemeint hatte."

„Dein Ernst-?" Er nickte freudestrahlend. Ich konnte nur den Kopf schütteln.

Ich sah also meinem Nachfolger ähnlich. Unabhängig davon, dass ich die Ansicht nicht teilte, er war ja konturlos, berührte es mich nicht wirklich. Alles, was man in diesem Moment hätte denken können; dass man durch ein neues, moderneres Modell ausgetauscht worden war oder, dass wenn man sich tatsächlich ähnlich sah, seine inneren Werte wohl überzeugender sein müssten. Nichts davon dachte ich, oder beschäftigte mich. Aber nicht, weil ich vor Selbstvertrauen strotzte und mich ohnehin nichts umwerfen konnte, ganz und gar nicht. Sondern, und deshalb erwähne ich diese Hochzeitsepisode überhaupt, weil ich nichts an mich heranließ damals. Nichts positives und nichts negatives. Auch weil ich genug mit mir selbst zu tun hatte, mir mein eigener Feind war. Sich zu öffnen, egal, ob für schöne Dinge oder Dinge die einen beschweren, macht verwundbar, angreifbar. Ich war im Krieg mit mir selbst, einen weiteren Schauplatz brauchte ich nicht. Deshalb verliebte ich mich nicht in ihn. Weil ich es nicht konnte.

12

Ich pfriemelte die ausgedrückten Zigarettenstummel in die leere Weinflasche und schmiss diese in einen Mülleimer, der nur wenige Meter entfernt stand. Als ich mich wieder umdrehte, war er bereits aufgestanden und schüttelte erfolglos die Decke aus, auf der wir gesessen waren. Blätter und kleine Ästchen krallten sich hartnäckig am groben Filz fest.

„Lass es gut sein!", sagte ich zu ihm, nahm ihm die Decke ab und stopfte sie in meinen Rucksack. Sie war alt und hässlich, es war mir egal, ob sie zudem jetzt auch noch dreckig war.

Die Sonne schien noch immer. Nur gelegentlich schob sich ein Wolkenfetzen vor sie. Sie hatte noch nicht die Kraft wie im Sommer, wenn man bereits nach kurzer Zeit einen Sonnenbrand bekommt, aber immerhin hielt man es gut im T-Shirt aus, was vielleicht erst das zweite, oder dritte Mal in diesem Jahr der Fall war.

Das, der Wein und die Tatsache, dass ich seine Gesellschaft genoss, führten dazu, dass ich bester Laune war. Ich pfiff sogar tatsächlich eine Melodie vor mich hin. Es klang vermutlich fürchterlich schief. Ich konnte nicht pfeifen. Nur für mich hörte es sich gut an. Mein Verstand wusste ja, wie es klingen sollte und spielte es mir entsprechend vor. Als gäbe es einen Filter zwischen Ohr und Gehirn, ein bisher unentdecktes Organ.

Er ging mir auch nicht auf den Geist. Gar nicht. Er hatte auch nichts furchtbar dämliches gesagt, bei dem ich innerlich mit den Augen gerollt hätte. Sicher, wir waren auch nur ein paar Stunden zusammen gesessen und dennoch – Andere vor ihm hatten das aber auch schon in wesentlich kürzerer Zeit fertig gebracht, so dass ich mir gewünscht hatte, endlich mit ihnen zu schlafen, um sie anschließend möglichst schnell rausschmeißen zu können. Eigentlich ist es ja grotesk, aber so gesehen war es für mich zwar durchaus eine Frage der Sympathie, wie lange es dauerte, bis ich Lust hatte, mit jemandem zu schlafen – jedoch eher je unsympathischer, desto schneller.

Ich wohnte nicht weit entfernt, vielleicht fünf Minuten zu Fuß und da wir beide auf die Toilette mussten, hatte ich vorgeschlagen, zu mir zu gehen. Nicht gänzlich ohne Hintergedanken, zugegeben, aber er schlummerte nur im Halbschlaf vor sich hin und war nicht die treibende Kraft.

Wir liefen nebeneinander. Ich sah ihn an, ein bisschen von der Seite, ein bisschen von oben, dabei kniff ich ein Auge zu, weil die Sonne mich blendete. Er gefiel mir. Auch wenn das Licht ihn günstig in Szene setzte. Im Sonnenuntergang sieht fast jeder gut aus. Warum das so ist? Ich weiß es nicht. Vielleicht ist es wirklich nur die

Färbung des Lichts. Vielleicht ist es aber auch etwas anderes. Oder es ist die Melancholie, die sich über einen legt, wenn sich etwas dem Ende entgegen neigt, und sei es nur ein Tag, die einen empfänglicher für so etwas macht. Vielleicht geht das aber auch nur mir so.

Zwischen den Häuserschluchten war es merklich kühler. Der Wind blies mir mein Frisur kaputt. Ich versuchte vergeblich sie zu reparieren. Sie hielt immer nur bis zur nächsten Böe. Links und rechts von uns kleine Geschäfte, Restaurants verschiedener Nationalitäten. Ein persisches direkt neben einem chinesischen. Danach ein kleiner Laden, der hauptsächlich Gemüse und mehr oder weniger frischen Fisch verkaufte. Ich mochte das Viertel. Es war ein bisschen anders als der Rest der Stadt, internationaler. Klar, Drogenhandel, Prostitution und Rockerbanden waren allgegenwärtig. Dafür reihten sich wenigstens nicht die üblichen Einzelhandelsketten in ihrer monotonen Gleichartigkeit aneinander. Vor einem Eckhaus standen ein paar Stühle und Tische. Es war ein Eiscafé. Eine italienische Fahne hing über der Tür.

Er hielt mich am Ärmel meines T-Shirts fest, als wir bereits vorbei gegangen waren.

„Oder doch noch ein Eis?", fragte er mich. Ich sah zu der Eisdiele. Ein freier Tisch, der sogar noch in der Sonne lag, war noch frei. Ich zuckte mit den Schultern. „Ja, warum nicht."

Wir setzten uns. Kurz darauf kam ein älter Mann mit Schnurrbart mit der Karte. Er war garantiert weder Italiener, das verriet sein eher osteuropäischer Akzent, noch war er vermutlich jemals in Italien gewesen. Aus dem Inneren des Cafés drang leise irgendeine Schmonzette von Eros Ramazzotti. Ich grinste innerlich. Ein paar Minuten später, nachdem wir beide rasch auf der Toilette gewesen waren, nacheinander, löffelten wir in unserem Eis herum. Hinter uns hupte ein vorbeifahrender Mann und fluchte laut in einer Sprache, die ich nicht verstand.

„Bist du eigentlich hier geboren?", fiel mir dabei ein.

Er sah von seinem Eisbecher auf, schüttelte den Kopf und leckte den Löffel ab. Nicht auf eine unangenehm laszive Art.

„Nein, ich war fünf Jahre alt, als wir hergezogen sind. Das war schon erst mal ziemlich ungewohnt alles. Ich konnte ja auch kein Wort deutsch." Er griff wieder nach dem Löffel und begrub ihn im Eis.

„Hm, kann ich mir gar nicht vorstellen, wie das so ist. Plötzlich von einem auf den anderen Tag am anderen Ende der Welt aufzuwachen. Ohne sich mit jemand verständigen zu können. Auch wenn man als Kind das wahrscheinlich schnell lernt."

„Ja, ich war ja noch ein kleines Kind, und ja auch noch bevor ich in die Schule gekommen bin. Wahrscheinlich grade noch rechtzeitig."

Ich fragte mich, warum man die Fähigkeit im Laufe der Zeit verlor. Die Fähigkeit, alles wie ein Schwamm aufzusaugen, Informationen einfach, ohne Anstrengungen zu speichern. Insbesondere so etwas komplexes wie eine Sprache zu erlernen. Es passierte einfach so nebenbei. Und schon als junger Erwachsener sitzt man vor Vokabellisten und müht sich, wenigstens ein paar davon nicht gleich wieder zu vergessen. Ob es daran lag, dass man sein Hirn mit allerlei sinnlosen Informationen zumüllte und kein Platz für so etwas wie eine neue Sprache verblieb?

Man sah ihm an, dass er nicht von hier stammte, aber man hörte es nicht. Er sprach akzentfrei. Er schien sich auch dabei nicht konzentrieren zu müssen.

Er setzte ein schiefes Grinsen auf. Es wirkte gewitzt. Ich überlegte, wie er wohl als Kind ausgesehen haben mag, oder auch, wie er als Kind war. Mit sechs Jahren. Irgendwie musste ich an Astrid Lindgren's Michel aus Lönneberga denken, auch wenn sich optisch so gar keine Ähnlichkeit aufdrängte. Michel war blond. Ich weiß zwar nicht, ob er überhaupt als blond beschrieben wurde in den Büchern, ich habe sie nie gelesen, in der Fernsehserie jedenfalls war er blond. Und in meiner Vorstellung auch. Strohblond.

Seine Zähne waren makellos. Gerade und weiß und sie stellten einen schönen Kontrast zu seinem etwas dunkleren Teint dar. Nicht so richtig dunkel, aber dunkler als es hier üblich war. Ich würde exotisch sagen, wenn ich das Wort nicht verabscheuen würde. Jeder ist irgendwo exotisch. Es hat keine Aussagekraft.

Er sah mich an. Ich sah ihn an. Ich blickte zuerst zur Seite, es war mir unangenehm, ohne dass ich erklären könnte, warum.

Er mochte mich. Spätestens in diesem Moment war ich mir sicher. Ja, wir hatten uns die Stunden zuvor gut unterhalten. Er hatte über Witze gelacht, die ich gerissen hatte, vielleicht auch über Gebühr, aber so richtig sicher war ich mir erst in diesem Moment. Er sagte es mit einem Blick. Ohne, dass dieser greif- oder beschreibbar war, ließ er mich damit wissen, dass er mich mochte. Sicherlich nicht mehr, aber zumindest bereute er das Treffen nicht.

Als ich meinen Blick wieder ihm zuwendete, fuhrwerkte er wieder in seinem Eisbecher herum, schaufelte Sahne zur Seite.

„Und du?", fragte er mich, scheinbar aus dem Nichts. Ich konnte mit der Frage auch nicht wirklich etwas anfangen. Was meinte er?

„Und ich?"

„Na, wo kommst du ursprünglich her?"

„Ach, direkt um die Ecke, keine halbe Stunde von hier entfernt. Eigentlich nicht der Rede wert." Ich kam mir klein vor. Als wäre ich nie wirklich aus dem heimischen Nest gehüpft. Als wäre ich stets in Reichweite geblieben. Und letztlich war es ja auch so. Auch, wenn er nichts dafür konnte, dass seine Eltern, als er noch ein Kind war, beschlossen hatten, ans andere Ende der Welt zu ziehen.

„Erinnerst du dich noch an viel von damals?", fragte ich ihn.

„Hm. Nicht alles. Aber ich kam ja gleich nach ein paar Monaten in die Schule. Da war so viel neu, nicht nur die Sprache. Aber, dass ich der kleinste in der Klasse war, daran erinnere ich mich noch."

Ich schob den zur Hälfte gegessenen Eisbecher ein paar Zentimeter weiter, in den Schatten. Er verdrängte die

Sonne mittlerweile beinahe so schnell, dass man dabei zuschauen konnte. Ich wollte eine Zigarette rauchen und dann weiter essen. Er blieb beim Eis. Ich lehnte mich im Stuhl zurück, schlug ein Bein über das andere, so dass der Unterschenkel auf dem Knie ruhte und blies eine Schwade in den Sonnenuntergang. Ich fühlte mich wohl. Es war am ehesten vergleichbar mit dem Gefühl, nach langer Zeit wieder nach Hause zu kommen.

Ich glaube, dass Zuhause nie ein Ort für mich war. Auch mit Menschen hatte es nichts zu tun. Zuhause waren für mich eher bestimmte Momente. Momente, in denen ich für eine kurze Zeit mit mir selbst im reinen war, in denen ich schier alles genießen konnte, um mich herum, an mir selbst. Tief einatmen, eine wohlig befriedigte Sehnsucht in sich aufsaugend, wenn man den Schlüssel ins Schloss steckt und die Haustür aufschließt. Was auch immer dahinter wartete. Für jeden wahrscheinlich etwas anderes, oder jemand.

In jedem Fall war dies einer dieser Momente. Ich weiß nicht, ob er etwas damit zu tun hatte. Jedoch verhinderte er ihn nicht, machte es durch seine Anwesenheit nicht unmöglich, dass sich das Gefühl einstellen konnte. Das allein war beachtlich. Er war Teil des Moments. Ich registrierte diese Tatsache.

13

Bis wir dann bei mir im Flur standen, war es draußen beinahe komplett dunkel. Sonnenuntergänge im Frühling sind ein kurzes Vergnügen.

Er schaute sich um und schien beeindruckt. Ich deutete auf die offene Flügeltür.

„Das ist mein Zimmer, mach es dir bequem! Ich hole noch rasch was zu trinken. Wasser oder Wein? Ich glaube, mehr habe ich nicht da." Das alte Parkett knarzte unter meinen Schritten.

„Beides, wenn möglich!", sagte er und grinste.

Ich nickte und ging in die Küche. Ich kam mit Gläsern zurück, wir stießen an, er sah sich immer noch um, überflog mein Bücherregal, den Stuck an der Decke, den verdorrten Rosmarin auf der Fensterbank.

Ich machte Musik an. Etwas ruhiges von Nicolas Jaar. Oder wie es mein Mitbewohner nennen würde: das 'Sex-Set'. Ich legte es öfter auf. Ruhig, aber nicht zu ruhig. Ideal.

Die an der gegenüberliegenden Häuserfront angebrachte Beleuchtung legte einen rosafarbenen Mantel über den Raum. Eigentlich war es eine angenehme Hintergrundbeleuchtung. Mich störte auch nicht, dass es rosa war. Außerdem war es ein gutes Gesprächsthema für den Anfang. Falls es Eis zu brechen gab, war 'Krass, das ist wirklich ein Puff?' ein guter Einstieg, um ins Plaudern zu kommen. Auch wenn das an diesem Abend nicht nötig war, wir waren bereits im Plaudern.

„Ja, heißt eigentlich Laufhaus, aber es ist im Prinzip dasselbe."

„Warst du schon mal drin? Also, so aus Neugier?" Ich schüttelte den Kopf. Seltsamerweise stellte die Frage beinahe jeder, der aus meinem Fenster schaute. Ich war nicht neugierig. Worauf auch? Ich brauchte mir keine leicht bekleideten Damen, die die Leere in ihren Gesichtern vergeblich mit umso mehr Schminke zu verbergen versuchten, aus der Nähe anzuschauen, um zu wissen, dass sie da waren. Keine zehn Meter von dem Fleck entfernt, wo ich mich jeden Abend schlafen legte. Nur von zwei Hauswänden und ein bisschen Luft getrennt.

Ich erinnere mich an Silvester vor zwei Jahren. Ich lag mit Fieber im Bett und hatte alle Partys, auf die ich eingeladen war, abgesagt. Mein Kopf ließ sich auch von unzähligen Schmerztabletten nicht beruhigen und hämmerte einen unregelmäßigen Takt gegen meinen Schädel. Ich schaute einen Film, dem ich nicht wirklich folgte und schrieb mit meinem Handy mit einer anderen armen Wurst, die an Silvester nichts besseres zu tun hatte. Aus welchen Gründen auch immer. Irgendwann schlief ich ein und wurde erst wieder von lautem Geböller auf der Straße geweckt. Es war kurz nach null Uhr. Wahrscheinlich war es das erste Silvester seit meiner frühesten Kindheit, das ich verschlafen hatte. Ich richtete mich im Bett auf, was mein Kopf mit Missfallen quittierte und sah aus dem Fenster. Die Prostituierten, mindestens ein Dutzend, standen allesamt vor dem Eingang, tranken Sekt, sahen zu, wie

Anwohner Raketen zündeten und schmissen selbst ein paar Kracher auf die Straße. Es war ein skurriler Moment, weil er so normal, so natürlich auf mich wirkte. Null Uhr wird Neujahr gefeiert! Auch im Puff! Ein kurzer Ausflug, raus aus Crazytown. Sie feierten ausgelassen, als würde ein neues Jahr bedeuten, dass sie nicht mehr die Beine für unzählige traurige Gestalten breit machen müssten. Aber wahrscheinlich braucht man diese Momente, in denen man so tut, als wäre alles anders, als es ist, als gäbe es diesen Silberstreif.

Vermutlich verliert man sonst den Verstand.

Es war jedoch das letzte Mal, dass ich das Haus gegenüber und alles, was darin vor sich ging, bewusst wahr nahm. Sonst war es halt einfach da und leuchtete geheuchelt munter rosa vor sich hin. Nur, wenn ich Besuch hatte, der zum ersten Mal bei mir war, war es Thema.

Er kramte ein Päckchen Zigaretten aus der Jacke, die er immer noch nicht abgelegt hatte.

„Darf ich?", fragte er. Ich deutete auf den Aschenbecher auf dem Schreibtisch und nickte.

Rauch waberte durch das Zimmer, auch wenn er sich Dank der hohen Decke bald in Höhen verzog, in denen er nicht störte.

Ich zog meine Schuhe aus, was ihn anscheinend veranlasste, zumindest die Jacke abzulegen. Als wäre es ein geheimes Signal.

„Wie lange magst du eigentlich bleiben?", fragte ich.

„Wie lange darf ich denn?"

„So lange du magst!" Das war selbstverständlich gelogen. Uns war beiden klar, dass er nicht über Nacht bleiben würde. Nicht beim ersten Treffen und wenn es nach mir ginge auch sonst nicht. Ich mochte es nicht, neben jemandem einzuschlafen und noch weniger mochte ich es neben jemandem aufzuwachen. Mein Zimmer war immer ein Rückzugsort gewesen, ich fühlte mich unwohl, wenn ich ihn zu lange nicht für mich allein hatte.

Er lachte. „Es fährt alle Stunde ein Zug. Können das ja spontan entscheiden", schlug er vor. Als hätte er meine Gedanken gelesen. Zu routiniert für sein Alter.

Ich nickte.

„Die Musik ist gut," sagte er. „Chillig!", fügte er nach einer kurzen Pause an. Ich mochte das Wort nicht, sagte aber nichts.

Ich ging ans Fenster, öffnete es, lehnte mich kurz hinaus, als hielte ich nach etwas Ausschau. Die Geräuschkulisse schwoll sofort an. Autos, die hektisch dem Feierabend entgegen brausten, zudem noch zwei Männer, die direkt vor meiner Haustür lautstark, in einer Sprache, die ich nicht verstand, stritten. Ich schloss das Fenster wieder und sperrte damit die Außenwelt und den ganzen Trubel aus.

Als ich mich umdrehte saß er immer noch recht unentspannt auf der Bettkante, so als wüsste er nicht, ob es in Ordnung wäre, wenn er es sich bequemer machen würde.

Ich setzte mich neben ihn, nachdem ich uns beiden ein halbes Glas Wein nachgeschenkt hatte.

„Ich fühle mich schon fast ein bisschen betrunken", gab er zu.

Ich merkte kaum etwas. Zum einen wog ich ein paar Kilogramm mehr als er. Ich war nicht fett. Gar nicht. Aber ich war größer und er war wirklich schlank. Außerdem trank ich gewohnheitsmäßig seit ich siebzehn, oder achtzehn war. Eine halbe Flasche Wein drang schon nicht mehr zu mir vor. Aufwärmprogramm.

Wir stießen noch einmal an. Das Glas klirrte, schwang nach, bis es sich immer leiser werdend beruhigte. Wir nahmen beide einen Schluck.

Er veränderte seine Sitzposition und seine Hand berührte dabei versehentlich meine. Er zuckte zurück. Ich beschloss, dass er genug Signale gesendet hatte und nahm seine Hand. Er reagierte zunächst nicht, dann erwiderte er die Berührung, bewegte seinen Daumen über meinen Zeigefinger.

Es ist immer dieser erste Schritt, der der schwierigste ist. Wie ein Indianerstamm, der um ein Feuer herum tanzt. Man kam nicht näher, um sich nicht die Finger zu verbrennen. Man tastet ab, man liest sein Gegenüber und versucht jede Geste, jeden Satz zu interpretieren.

Ich fragte mich, ob er das gleiche dachte, vermutete aber, dass es ihm ganz Recht war, dass ich den ersten Schritt gemacht hatte.

Ich stellte mein Glas auf den Boden. Dann küsste ich ihn zum ersten Mal. Kurz. Auf die Lippen. Sie waren so weich wie sie aussahen.

Ich wich wieder ein Stückchen zurück und sah ihn an. Er setzte dieses schelmische Grinsen auf, das nur ihm zu gehören schien, als wäre es für ihn erfunden worden.

Danach küssten wir uns richtig. Länger und intensiver. Es war gut, wir harmonierten. Es fiel mir sofort auf. Wenn jemand nicht gut küssen kann, ruiniert es sofort jede Stimmung, sollte überhaupt jemals eine da gewesen sein.

Ich erinnere mich noch an einen Kerl, den ich gerne vergessen würde, nur gelingt es mir nicht, weil seine Art zu küssen so ungewöhnlich unangenehm gewesen war, dass sie sich für immer auf meiner Festplatte eingebrannt hatte. Er hatte mir seine Zunge in den Mund geschoben und wirbelte unkontrolliert darin herum. Richtig unangenehm wurde es dann allerdings, als er begann meine Zähne abzulecken und abzutasten. Ich weiß zwar weder noch, wie der Abend endete, noch kann ich mich an einen Namen, oder ein Gesicht erinnern, aber dieses Detail habe ich nicht vergessen. Als wäre ich auf einem Date mit einem Putzerfisch gewesen. Zum Glück war es mit ihm anders. Unsere Zungen berührten sich zwar auch, aber anders, zärtlicher.

Nach einer Weile ließen wir voneinander ab. Keiner sagte etwas, wahrscheinlich, weil keiner so recht wusste, was. Ich angelte mir mein Glas und trank einen Schluck. Dann rauchten wir. Anschließend küssten wir uns wieder. Irgendwann, nach einer Zeitspanne, die jeder Greifbarkeit entbehrte, schob er mich sanft ein Stück von sich weg und sagte, dass er sich langsam auf den Weg machen müsse. Er kontrollierte die Uhrzeit mit seinem Handy und nickte, als müsste er es sich selbst bestätigen.

Ich war nicht wirklich enttäuscht. Vielleicht ein bisschen.

Er schlüpfte in seine Schuhe und zog seine Jacke an.

„Sehen wir uns wieder?", fragte er, als wir bereits im Flur standen.

„Von mir aus sehr gerne!", sagte ich und meinte es so. Noch nicht einmal, weil wir nicht miteinander geschlafen hatten, die Eroberung also noch nicht abgeschlossen war, sondern weil er ein guter Typ zu sein schien. Und von der Sorte gab es nicht besonders viele.

Ich glaube, meine Quote lag bei einem pro Jahr. Ein guter Typ pro Jahr. Und doch habe ich sie alle früher, oder später vom Hof gejagt. Meist früher, als später. Bis auf einen. Diesen.

14

Nachdem ich ihm noch einen flüchtigen Kuss mit auf den Weg gegeben hatte, schloss sich die Tür hinter ihm. Ich hielt die Klinke noch in der einen Hand, mit der anderen fuhr ich mir über das Gesicht und ging in mein Zimmer zurück.

Die Musik lief weiterhin, aber ich hörte sie nicht. Ich steuerte auf die Weinflasche zu und leerte sie in mein Glas. Seines stand daneben. Es war noch ein kleiner Schluck übrig. Ich trank ihn.

Mein Handy vibrierte. Eine Nachricht von ihm: „War ein schöner Tag. Hoffentlich bald wieder!" Ich schrieb nicht zurück, legte stattdessen das Handy zur Seite. Ich sah mir das Glas Wein an. Die geschwungene Silhouette, die strohgelbe Farbe der Flüssigkeit. Ich schwenkte sie. Und jetzt?

Einerseits war ich froh, dass er gegangen war, dass ich für mich alleine sein konnte. Andererseits war ich eben genau das: allein.

Ich sah auf die Fenster. Nicht hindurch, sondern auf das Glas. Es war schmutzig. Der ständige Verkehr hatte einen grauen Film darauf gelegt. Er ließ die rosafarbenen Leuchtstoffröhren gegenüber nur ein mattes Licht ins Zimmer werfen.

Ich leerte den Wein und stellte das leere Glas in die Küche. Auf dem Weg kam ich an dem großen Spiegel im Flur vorbei. Ich sah mich an. Ein paar Haare auf dem Kopf, immer noch genug, nicht mehr ganz so trainiert wie vor ein paar Jahren, aber immer noch ziemlich in Ordnung, ein bisschen Bart. Alles soweit okay. Aber ich sah müde aus. Um die Augen herum. Es war keine körperliche Müdigkeit, aber man konnte sie dennoch sehen. Zumindest bildete ich mir das ein.

Ich ging noch einmal vor die Tür, um mir beim Kiosk nebenan zwei Bier zu holen.

Ich setzte mich an meinen Schreibtisch. Portishead jammerte im Hintergrund erbarmungswürdig traurig vor sich hin. Und doch passte es. Es war ein schöner Tag gewesen. Ein paar Stunden, in denen man nicht an den nächsten Tag zu denken brauchte. Und doch, in dem Moment, indem die Tür ins Schloss gefallen war, fühlte es sich an, als wäre das alles nicht gewesen. Einsamkeit schwappte über mich, wie eine Welle, die über einem Surfer bricht. Es war eine Einsamkeit, der Gesellschaft nichts anhaben konnte. Es war ein Kartenhaus, das nur so lange stand, wie ich jemand um mich hatte und auch das nur weil ich es bewusst und mühsam aufrecht erhielt. Aber selbst dann war es nichts anderes als eben das: Ein Kartenhaus.

Und danach waren es nur noch die Wohnung und ich. Ein paar Wände, die enger wirkten als sie es waren. Es war warm und irgendwie auch nicht, egal was das Thermometer anzeigte.

Das Bett stand in der Ecke. Zwei Kissen, zwei Decken lagen darauf. Und doch wollte keine Geborgenheit, keine Gemütlichkeit entstehen. Es war ein Rückzugsort, ja, vor anderen, ich konnte für mich sein, musste keine Rolle spielen und irgendwie war es doch keiner, keiner vor mir selbst. Selbst unter der Decke war es kalt. Nicht auf eine Art, die einen frieren ließ, vielmehr war es unwirtlich und karg. Als wäre das Zimmer voll schroffer Felsen, auf denen man vergeblich versucht, eine bequeme Position zu finden.

Ich hatte diese Momente immer mal wieder. Manchmal verschwanden sie für ein paar Wochen. Aber sie kamen immer zurück. Immer.

Wie das Monster im Kleiderschrank, das bevorzugt Kinder heimsucht. Wenn sich die Silhouette eines Pullovers auf einem Haken in der Dunkelheit der Nacht scheinbar zu bewegen beginnt. Es kommt nur, wenn man alleine ist, denn es ist feige, wartet geduldig auf den richtigen Moment. Doch die Monster, die sich im Schrank eines Kindes verbergen, sind nichts im Vergleich zu denen, die sich in denen der Erwachsenen herumtreiben. Die der Kinder verschwinden, wenn die Mutter das Licht anknipst.

Meine verschwanden leider nicht so einfach. Licht konnte ihnen nichts anhaben. Es war ihnen egal, ob es regnete oder die Sonne schien, ob es Sommer oder Winter war, oder wo ich mich befand. Nur alleine musste ich sein.

Ich saß bleischwer in meinem Schreibtischstuhl und sah auf den Bildschirm, ohne wirklich zu bemerken, was er anzeigte. Ich sah auch nicht durch ihn hindurch, wie man immer sagt. Er war da, aber er hätte genauso gut eine dieser Attrappen, die in Möbelhäusern herumstanden, sein können. Mit der linken Hand fuhr ich mir durch den Bart.

Ich konnte noch nicht einmal fest machen, woran ich dachte. Es gab keinen konkreten Grund, der mich in die Sitzfläche presste. Vielmehr ein fluider Strudel aus Gedanken und Bildern. Es waren nicht wirklich Existenzängste, auch wenn ich sie hatte und es war auch keine allgegenwärtige Sinnlosigkeit, auch wenn ich sie empfand, vielmehr ein Potpourri aus allem, das dieses lähmende Gefühl der Unbewältigbarkeit auslöste. Nicht wie bei Sisyphos, der seinen Felsen immer wieder den Berg hinaufschob und welcher, während er schlief, wieder an den Ort zurück rollte, an dem er begonnen hatte. Mein Felsen rollte überhaupt nicht. Ich stand nur vor ihm und wusste nicht einmal, wie ich ihn überhaupt vom Fleck bekommen sollte.

Ich nahm einen Schluck Bier und sah auf meine Uhr. Gleich elf. Ich hatte mir nicht die Mühe gemacht, das Bier in ein Glas umzufüllen. Das tat ich nie. Ich sah keinen Sinn darin. Ich stemmte mich aus dem Stuhl und ging auf den Balkon. Er war unglaublich hässlich. Er zeigte auf den Hinterhof. Ebenfalls hässlich. Gitterstäbe trennten den Balkon vom Rest der Welt. So eng, dass man nur mühsam einen Arm hindurch bekam. Sicher ist sicher! Auf der gegenüberliegenden Seite des Hofs stand das nächste Haus. Irgendeine Firma hatte sich dort über mehrere Stockwerke breit gemacht.

Eine einzelne Frau wanderte mit dem Staubsauger durch die Büros. Nachts um elf. Wahrscheinlich machte sie den Job, damit Geld rein kam, nicht weil er sie erfüllte, oder gar glücklich machte. Sehr wahrscheinlich sogar nicht. Ich fragte mich, wie vielen es genauso erging. Und wie viele tatsächlich morgens aufstanden und gerne zur Arbeit gingen. Weil es eben genau das war, womit sie ihre Zeit verbringen wollten, die nicht nur unter der Woche Stunden absaßen, um etwas zu essen zu haben, um sich ihre Wohnung leisten zu können. Für die der Arbeitsplatz nichts anderes war, als ein (schlecht) bezahltes Gefängnis. Zwei Tage Freigang die Woche. War das wirklich alles, was einem geboten wurde?

Wenn man sich ein Geschichtsbuch zur Hand nimmt und und es an der Stelle der Industriellen Revolution aufschlägt, vor grob zweihundert Jahren, fragt man sich, was in der Zwischenzeit eigentlich passiert ist und kann letztlich nur feststellen: Im Großen und Ganzen gar nichts! Ja, die Leute haben Fernseher und Handys und Internet und Handys mit Internet und vielleicht arbeiten sie auch ein paar Stunden weniger. Aber ist das wirklich alles? Eingepfercht in Großraumbüros wie Hennen in Bodenhaltung, so dass einem selbst Kafka als kühner Optimist erscheint?

Wie kann man sich da nicht jeden beschissenen Montag fragen, wie man das eigentlich aushält? Und wahrscheinlich liegt in der Frage bereits die Antwort: man fragt es sich einfach nicht, darf es sich nicht fragen, sonst – ja, was eigentlich sonst? Sonst müsste man wohl entweder mit einer Fackel in der Hand durch die Straßen ziehen, oder verrückt werden.

Andererseits war mir das alles allerdings auch auf eine gewisse Weise scheißegal. Ich sah ohnehin keinen Sinn in irgendetwas.

Sehen Sie, wenn man der menschlichen Existenz im allgemeinen und der eigenen im speziellen keinen Sinn abgewinnen kann, bleiben eigentlich nur zwei logische Konsequenzen: terminaler Resignationismus oder grenzenloser Hedonismus!

Recht entscheiden konnte ich mich nicht, vielmehr wechselte ich wie Dr. Jekyll und Mr. Hyde immer wieder zwischen beidem hin und her.

Zwei Bier später erlöste mich der Schlaf von meinen Monstern.

Time and again I tell myself
I'll stay clean tonight
But the little green wheels are following me
Oh no, not again

15

Es vergingen nur ein paar Tage, bis wir uns wiedersahen. Wir kochten zusammen. Ich empfand es beinahe als meditativ mit jemandem, den ich gut leiden konnte, zu kochen. So auch mit ihm. Wir erzählten uns dies und das, zerkleinerten nebenbei Gemüse und immer wieder legten wir eine kurze Pause ein, um uns zu küssen. Die Sonne schien durch das offene Fenster, Musik drang aus meinem Zimmer bis in die Küche und ich küsste einen guten und hübschen Kerl. Es roch bereits großartig. Die Welt hätte besser nicht sein können.

Das Festnetztelefon klingelte. Ich verdrehte die Augen und begann es zu suchen. Ich ließ es immer dort liegen, wo ich es zuletzt in der Hand hatte. Er kurzer Blick auf das Display verriet mir, dass es mein Vater war. Ich stellte das Telefon stumm und legte es zur Seite. Ich hatte keine Lust mit ihm zu sprechen und außerdem hatte ich ja Besuch. Zudem ging mir dieses ständige Erreichbar-Sein zunehmend auf den Geist. Mein Handy, auf dem es mit an Sicherheit grenzender

Wahrscheinlichkeit mein Vater als nächstes probieren würde, hatte ich ohnehin auf lautlos geschaltet. Grundsätzlich.

Es gab Pasta mit Gemüse. Scharf. Ich war zufrieden mit dem Ergebnis. Er war es auch. Wir tranken wieder Wein, wie bei unserem ersten Treffen.

Nachdem wir uns satt gegessen hatten, legten wir uns ins Bett und sahen uns eine Folge einer Serie an, die wir beide gut fanden. Die letzten Minuten bekamen wir allerdings nicht mehr mit. Wir wurden voneinander abgelenkt. Er zog die Socken dabei aus. Ein Pluspunkt.

Als wir fertig waren, und wir waren beide beinahe gleichzeitig fertig, rollte ich mich ein Stück zur Seite und schnaufte durch. Erschöpft und zufrieden. Es war gut gewesen. Richtig gut. Wir harmonierten offensichtlich nicht nur beim Küssen. Wir sahen einander an mussten beide lachen. Keiner machte Anstalten sich anzuziehen. Ich angelte uns beiden eine Zigarette aus meinem Päckchen. Es mag ein Klischee sein, aber die Zigarette nach dem Sex war tatsächlich einer der besten. Vor allem wenn beide rauchten.

Während wir dalagen und rauchten, betrachtete ich ihn. Er schien in Gedanken verloren. Sein Blick war auf seine Zigarette gerichtet, aber es war offensichtlich, dass er sie nicht wirklich ansah.

Er machte auch nackt eine gute Figur. Schlank und auf eine drahtige Art muskulös. Gerade Zehen, ein bisschen Behaarung an den Waden, genauso dunkel, wie die auf seinem Kopf. Seine Scham war rasiert, er hatte kaum

Muttermale. Er kaute geistesabwesend auf seiner Unterlippe herum.

„Dein Dreieck!", sagte ich und meinte das in seinem Ohr.

„Hm?", antwortete er und schob mühsam den Vorhang zur Seite, der seine Gedanken von der Realität getrennt hatte.

„Es ist weg! Oder hattest du es gar nicht drin, heute?" Er wirkte wenig überrascht.

„Doch, doch, aber das passiert häufiger. Wenn ich morgens aufwache, finde ich es regelmäßig unter dem Kissen, oder neben dem Bett auf dem Boden."

„Ah", antwortete ich knapp. „Sollen wir es nicht suchen?", fügte ich an.

„Später, nicht jetzt", sagte er. „ich bin grade zu faul." Er lachte und rückte ein Stück näher an mich heran. Ich lag auf dem Rücken, den Kopf an den Bettrahmen gelehnt. Er legte einen Arm über meine Brust, ich einen um seine Schulter. Als wir fertig geraucht hatten, zog ich eine Decke über uns. Kurz darauf waren wir beide eingeschlafen.

Als ich wieder erwachte, begann es draußen bereits dunkel zu werden. Ich schielte auf meine Uhr, auch wenn es mir eigentlich gleich war, was sie anzeigte. Sein ruhiges und gleichmäßiges Atmen verriet mir, dass er noch schlief.

Eine Woge aus Zuneigung kam über mich. Vielleicht auch weil wir dalagen, wie wir eben dalagen. Er klammerte sich an mich, ich hielt ihn fest. Es hatte etwas beschützendes. Mann und Frau liegen ja oft so da, es ergibt sich einfach. Und bei uns hatte es sich ebenfalls einfach so ergeben. Ganz natürlich.

Ich war nie ein großer Fan von Kuschelorgien gewesen. Dieses stundenlange Aneinanderkleben! Mit Frauen schon nicht und mit Männern erst recht nicht. Da kam es mir noch seltsamer vor. Ungewohnt und auch ein bisschen unschicklich. Und ja, ich sage es jetzt einfach, auch ein bisschen unnatürlich. Zwei Männer, die sich aneinander kuscheln. Aus romantischen Motiven.

Ich glaube, dass bei diesem Flugzeugunglück in den Anden in den Siebzigern sich sehr wohl Männer aneinander gekuschelt haben. Aber dabei ging es darum, irgendwie die Kälte zu überstehen, sich körperlich nah zu sein, nicht emotional. Herr Gott, sie haben ja schließlich die Leichen, der bereits verstorbenen Passagieren gegessen, um nicht zu verhungern. Eine gruselige Vorstellung.

Moral scheint ein ziemlich dehnbares Band zu sein. Je nachdem, wie tief man eben in der Scheiße steckt.

Jedenfalls fand ich es lange seltsam mit einem Mann zu kuscheln. Komischerweise fand ich es überhaupt nicht seltsam mit einem zu schlafen. Als wären es zwei gänzlich verschiedene Dinge.

Aber mit ihm hatte sich so rasch eine solche Vertrautheit eingestellt, dass ich mit ihm im Arm einfach eingeschlafen war. Normalerweise gelingt mir das nicht einmal, wenn jemand in meinem Bett liegt, von in meinem Arm ganz zu schweigen. Wir hatten zwar gut gegessen, einen guten Wein getrunken und anschließend guten Sex gehabt – und ich bin sicher, einen effektiveren Schlafmittelcocktail werden sie niemals in eine Pille pressen können – aber dennoch, das war nicht der alleinige Grund.

Ein leichtes Räuspern, ein kurzes Zucken des Arms, den er um mich geschlungen hatte, dann war er wach.
Er blinzelte mich an und in seinem Blick erkannte ich, dass er sich noch im Zwischenreich befand. Von wo aus auch immer er sich zurück zu mir ins Bett kämpfte, er war noch nicht ganz da. Er war noch auf der Schwelle, auf der man nicht ganz sicher war, wo man war und auch nicht, ob der Bilderreigen, der einem durch das Gehirn gejagt war, real gewesen war, oder nicht.
„Jetzt wären wir fast eingeschlafen, was?", sagte er, begleitet von einem Gähnen. Ich konnte nicht anders, als laut loszulachen. Er erschrak ein bisschen. Er rieb sich die Schläfen. Ich hielt ihm meine Uhr vor die Nase. Er betrachtete sie, sah aus dem Fenster, bemerkte, dass der Abend bereits angeklopft hatte und grinste dann selbst. Dieses ganz spezielle Grinsen. Seines.
„Ohh!", sagte er und zog es ein paar Silben länger, dann musste auch er laut lachen.
Wir küssten uns und schliefen nochmal miteinander.
Diesmal blieben wir aber wach danach, unterhielten uns noch ein wenig. Ich kitzelte ihn, bis er kaum noch Luft bekam. All dieser Quatsch, den man macht, wenn man frisch verliebt ist. Wenn die andere Person keine Marotten zu haben scheint. Wenn man über den seichtesten Witz lacht, weil es eben nur wichtig ist, wer

ihn erzählt. Wenn einem das Grinsen ins Gesicht getackert scheint. Auf eine beinahe aufdringlich Art und Weise.

Aber ich war ja nicht verliebt. Er begann es zu sein, ich sah es ihm an. Und wäre ich damals ehrlich zu mir selbst gewesen, wirklich ehrlich, hätte ich vielleicht bemerkt, dass ich es auch war. Bis über beide Ohren. Es passte ja auch gut. Aus einer Reihe von Gründen, aber diese spielten ja eigentlich nie wirkliche eine Rolle. Es geht um ein Gefühl. In diesem Moment. Es ist keine Inventur.

Aber mein Unterbewusstsein spielte sein eigenes Spiel. Erstens verriet es der Exekutive nicht, dass ich verliebt war, sondern veranlasste sie vielmehr dazu, die Zugbrücke einzuholen. Ich verliebt? Quatsch. Ich wollte das nicht, es zog viel zu viel nach sich, Verantwortung und Verpflichtungen zum Beispiel, also war ich es nicht. So einfach war das. Und all die Jahre, nach meiner letzten längeren Beziehung, es dürften mittlerweile etwa vier sein, habe ich mir das so lange eingeredet, bis ich wohl selbst geglaubt habe.

Er blieb wieder nicht über Nacht, sondern ging irgendwann im Laufe des Abends.

An diesem Tag blieben meine Monster im Schrank. Ich schaute noch ein wenig Fußball mit meinem Mitbewohner, etwas, was wir häufiger taten. Es waren jedes Mal gelungene Abende. Die perfekte Ablenkung, von allem, was tatsächlich passierte. Als würde man den eigenen Sorgen ein, in Chloroform getunktes Tuch aufs Gesicht drücken und sie ein paar Stunden betäuben.

Wir fachsimpelten ein bisschen vor uns hin und wenn das Spiel weniger interessant war, spielten wir nebenher Karten. Ich hatte ja bereits erwähnt, dass ich ihn schon ewig kannte und wir beste Freunde waren, falls es so etwas gab.

Im ersten Jahr, in dem wir zusammen gelebt hatten, hatte ich alles noch hinter seinem Rücken getan. Mich mit anderen Männern getroffen, meine ich. Entweder hatte ich sicher gestellt, dass er nicht zu Hause war oder ich traf mich an einem anderen Ort mit ihnen. In den seltenen Fällen, in denen er den Typen begegnete, waren es dann eben Studienkollegen.

Irgendwann wurde mir die Scharade aber zu mühsam, also sagte ich es ihm.

Er hatte nicht wirklich überrascht gewirkt, ein bisschen vielleicht, aber aus allen Wolken gefallen war er jedenfalls nicht. Neugierig war er aber gewesen, hatte viele Fragen gestellt, die ich, soweit ich mich erinnere, größtenteils ehrlich beantwortet hatte. Das Gespräch war relativ schnell auf einer lockeren und unverkrampften Ebene angelangt. Ich war ihm dankbar dafür gewesen, gesagt hatte ich ihm das aber nicht. Glaube ich zumindest.

Danach wurde jedenfalls alles ein bisschen einfacher. Zumindest in diesem Zusammenhang.

Das Spiel war zu Ende, wir leerten unsere Biere und jeder ging in sein Bett.

Ein Tag war zu Ende gegangen, den ich mir merken würde, auch wenn ich das damals noch nicht wusste. Der Tag liegt nun ungefähr ein Jahr zurück. Und es war ein Tag, an dem ich schlicht glücklich gewesen war. Ohne Sinn und Verstand. Es waren profane Gründe und eine gehörige Portion Selbstbetrug, die dazu geführt hatten, aber es änderte am Ergebnis nichts. Ich war glücklich gewesen an diesem Tag.

Es sind auch noch ein paar dazu gekommen, aber viele waren es vermutlich nicht mehr. Und die meisten davon hängen mit dieser Geschichte zusammen. Mit der Geschichte von ihm und mir.

Und wenn ich so dasitze und darüber nachdenke, was alles im letzten Jahr passiert ist, muss ich feststellen: viel und doch so wenig. Viel hat sich verändert, viel ist kaputt gegangen, manches, das nicht hätte kaputt gehen müssen.

Das meiste habe ich selbst zerbrochen, glaube ich, und die Scherben dann mich.

Schneidet man aber all die Belanglosigkeiten, all die Banalitäten des Alltags, all die totgeschlagene Zeit heraus, was bleibt dann noch übrig von so einem Jahr?

Alles was mir passiert ist, was ich habe passieren lassen, passt in eine Woche. Sieben Tage.

II

Sieben

1

An diesen Tag erinnere ich mich, als wäre er der gestrige gewesen. Natürlich nicht an jedes Detail, aber an alles wichtige. Und vor allem an das, was er mir bedeutete. Eines vorneweg: Ich glaube nicht, dass die Tage, an denen man am meisten gelacht hat, die sind, die man als seine glücklichsten bezeichnet. Es sind die, an denen man am häufigsten geschmunzelt hat. Dieses Schmunzeln, dem diese geduldige Gutmütigkeit alles und jedem gegenüber innewohnt, eine Zufriedenheit mit sich selbst. Es ist wohlig und kommt aus dem tiefsten Inneren, als wäre es der Ursprung menschlichen Wohlbefindens, eine Gaia des Glücklichseins.

Und ich glaube auch, dass man nie wirklich ganz in diesen Kern vordringt. Aber wenn ich ihm jemals nahe gekommen bin, dann war es an diesem Tag. Insbesondere in dem Moment, als Gustavo einschlief, den Kopf auf meiner Schulter. Es war erst Nachmittag, aber das sonore Brummen des Motors und das gleichmäßige Schaukeln, zu dem die Wellen das Boot zwangen, trugen ihn wohl davon.

Ich habe ihn, ihn mit dem Dreieck im Ohrläppchen, dem heidnischsten aller Götter geopfert. Für diesen Tag. Was genau ich geopfert habe weiß ich nicht und werde ich auch nicht mehr herausfinden, zumindest jedoch die Chance auf etwas. Was-Wäre-Wenns sind nie Teil einer Geschichte. Es lohnt nicht zu erzählen, was nie passiert ist. Hätte ich dies getan, hätte ich das getan, wäre ich nur früher abgebogen, später, hätte ich ihn geküsst, oder hätte ich ihn bloß nicht geküsst – hätte es dann ein Happy-End gegeben? Gedankenspiele. Außerdem ist die Nummer mit dem Happy-End ohnehin die größte Lüge, die der Menschheit je aufgetischt wurde. Sie küssen sich, Abblende. Was ein schönes Ende! Unsinn! Es ist nicht das Ende. Kein Buch, kein Film endet mit dem Ende. Jeder Mensch endet mit dem Tod. Und der ist alles andere als happy. Wen will man damit verarschen? Und ob sie nun an den Himmel, oder die Wiedergeburt glauben, alles schön und gut, aber ihre jetzige, diesseitige Existenz wird kein Happy-End haben. Bestenfalls ein Happy-Middle. Wahrscheinlich sollte man auch dementsprechend leben und nicht über Zukunft und Perspektiven fantasieren, beides sind Konstrukte, Fata Morganen. Man wird sie nie erreichen. Es ist wie mit der Karotte vor des Esels Nase.

Vielleicht habe ich den Tag auch deshalb so genossen. Es war höchst unvernünftig, dass ich überhaupt hier war. Zunächst konnte ich mir den Trip eigentlich gar nicht leisten. Wie auch? Ich verwohnte den Großteil meines Budgets und den Rest verprasste ich. Kein

Monat verstrich, an dessen Ende mein Konto auch nur einen Cent beherbergte. Sicher, dieser zweitägige Kurztrip kostete nicht die Welt, Mitfahrgelegenheit, billiges Hostel, aber letztlich wäre alles, was nicht umsonst gewesen wäre, zu viel gewesen.

Aber ich war nicht vernünftig. Acht Stunden setzte ich mich neben einen Fremden ins Auto, führte Gespräche, die mir auf den Geist gingen, heuchelte Interesse, nur um ihn an meinem Zielort zu treffen. Mit 'ihn' meine ich übrigens Gustavo. Nicht ihn, mit dem ich diese eine letzte Zigarette geraucht habe. Dieser Tag war vorher. Oder eigentlich zwischendrin. Ich sollte am Anfang anfangen.

2

Gustavo lernte ich kennen als er für zwei Tage in einem Hostel unweit meiner Wohnung übernachtete. Er war auf mein Profil im Internet gestoßen und hatte mich angeschrieben. Er kam aus Brasilien, legte ein Erasmussemester in Paris ein und tourte nebenbei ein bisschen durch Europa. Vielleicht war es auch umgekehrt.

Ich traf mich mit Gustavo zu der Zeit, als ich auch ihn traf, aber noch bevor er mir gesagt hatte, dass er sich in mich verliebt hatte. Es war nicht unbedingt die feine englische Art, aber ich hatte nicht das Gefühl ihn zu betrügen. Streng genommen hatten wir noch über nichts geredet. Was das zwischen uns war. Wir hatten keine Monogamie vereinbart, oder sonst irgendetwas.

Also traf ich mich abends mit Gustavo. Wir unterhielten uns auf Englisch, was kein Problem darstellte, da wir die Sprache beide flüssig sprachen.

Es war mittlerweile warm genug, dass man sich auch abends draußen aufhalten konnte, ohne zu erfrieren. Wir lagen am Flussufer auf einer Decke und tranken Wein. Ja, ich weiß, schon wieder. Schon wieder Fluss und Wein. Aber es ist nun einmal ein schönes und romantisches Fleckchen für ein erstes Date. Und wir saßen ein bisschen weiter flussabwärts, als ich es damals mit ihm getan hatte. Dennoch schön, die illuminierte Skyline, die sich verzerrt, wie bei einem Gemälde von Dali auf der Wasseroberfläche spiegelte, lag direkt in unserem Blickfeld.

Er war hübsch, charmant, eloquent, gebildet, wollte Diplomat werden. Wir sprachen viel über sein Heimatland, über Politik und die allgegenwärtige Korruption. Ich fragte ihn viel, nicht weil ich das Gespräch am laufen halten wollte, sondern weil es mich wirklich interessierte. Er erzählte und erklärte bereitwillig vor sich hin. Es war wie eine Hörbuch-Variante davon, selbst dort gewesen zu sein.

Irgendwann begannen wir unsere Unterhaltung mit gelegentlichem Küssen zu unterbrechen. Anschließend gingen wir zu mir und schliefen miteinander, bevor ich ihn zum Hostel brachte, der festen Überzeugung, ihn nie wieder zu sehen. Es war ein netter Abend gewesen, aber letztlich ein geplanter One-Night-Stand, nicht mehr und nicht weniger.

Am Tag darauf traf ich eine Entscheidung, die das ganze nächste Jahr beeinflussen würde. Und wahrscheinlich auch die Anzahl der mir verbleibenden glücklichen Tage. Wie gesagt, ich werde nie erfahren, wie viele, oder ob überhaupt welche, aber vermutlich werden es schon ein paar gewesen sein, die ich geopfert habe.

Gustavo blieb ja noch einen weiteren Tag hier. Mittags schrieb er mir, dass er sich ein bisschen umschauen wollte, die Stadt erkunden und fragte mich, ob ich ihn begleiten wollte. Ich antwortete ihm, ich hätte zu tun, was gelogen war und fügte an, dass ich möglicherweise abends Zeit hätte. Ich sagte das aus zwei Gründen. Zunächst hatte ich keine Muße mit ihm durch die Stadt zu laufen, ich kannte sie ja bereits gut genug, zudem wollte ich mir die Option offen halten, Abends noch etwas mit ihm zu machen, falls ich tatsächlich Lust dazu bekommen sollte. Eigentlich war ich mäßig motiviert.

Der Tag zog vorbei, ohne Spuren zu hinterlassen. Ein paar Stunden später schrieb er mir erneut, ob ich Lust hätte, den Abend mit ihm zu verbringen. Ich war weiterhin unentschlossen. Ich war müde und die Vorstellung, die Wohnung verlassen zu müssen, war wenig verlockend. Andererseits war er wirklich nett und wir hatten eine gute Zeit gehabt. Eine ohne Monster.

Es war eine klassische 50:50 Überlegung. Aber, wie so oft, ist man sich der Tragweite der eigenen Entscheidungen nicht bewusst. Als wäre das Schicksal

Schachweltmeister und man selbst blutiger Anfänger. Man denkt zu wenige Züge voraus, manchmal denkt man auch gar nicht voraus, oder man tut es und wird dennoch von einem völlig anderen Ausgang überrascht. Aber ich glaube, meistens tut man irgendetwas, ohne auch nur die geringste Ahnung zu haben, was passieren wird. Ich haderte, entschied mich ständig um.

Vielleicht hätten wir eine großartige Zeit gehabt, hätte ich mich an diesem Abend anders entschieden, wäre ich einfach zuhause geblieben. Vielleicht hätten wir zahlreiche erfüllende und wirklich glückliche Tage miteinander verbracht, vielleicht wäre sein Dreieck noch unzählige Male unter meinem Kopfkissen aufgetaucht, vielleicht wären wir nicht nur verliebt gewesen, sondern hätten uns tatsächlich geliebt.

Oder es wäre ganz genau so gekommen, wie es gekommen ist, nur mit einem anderen Auslöser. Wer weiß das schon?

Jedenfalls entschied ich mich dafür, mich ein zweites Mal mit Gustavo zu treffen. Hätte ich es nicht getan, hätte es den Tag in Genf nie gegeben. Ich würde eine andere Geschichte erzählen. Oder gar keine.

Denn alles was mit ihm nicht passierte, passierte an diesem Abend mit Gustavo. Ich verliebte mich in ihn. Es war irrational, nicht erklärbar. Aber es nützte ja nichts.

Sein Flug ging am nächsten morgen und trug ihn tausende Kilometer davon.

3

Genf war unendlich weit weg von Zuhause. Nicht, was die tatsächliche Entfernung betraf. Aber ich hätte genauso gut auf einem anderen Planeten sein können, anstatt ein paar Autostunden entfernt von meiner Wohnung. Es war wie eine Filmszene, die in einen anderen Film hineingeschnitten wurde, in den sie überhaupt nicht passen wollte. Die Vorstellung jemals irgendwelche Monster im Schrank gehabt zu haben, schien absurd. Die Luft schmeckte gut. Natürlich schien die Sonne. Als gäbe es überhaupt keine andere Möglichkeit. Alles was blühen konnte, blühte.

Wir hatten uns vor dem Hotel getroffen, in dem er übernachtete.

Es war ein Monat vergangen, seit wir uns das letzte Mal gesehen hatten. Er war in der Zeit weiter durch Europa getourt und ich war schlicht zuhause gewesen.

Wir hatten uns aber die ganze Zeit geschrieben. Er hatte mich immer wieder versucht zu überreden, ihn in Genf zu treffen, der letzten Station seiner Reise. Irgendwann hatte er das dünne Brett meiner Vernunft durchbohrt.

Nachdem wir etwas Fastfood in uns gestopft hatten, das einzige, was in dieser Stadt bezahlbar zu sein schien, schlenderten wir durch die Stadt. Es war windig, aber nicht so sehr, als dass es störte. Wir gingen über eine Brücke, die genau dort, wo der See in einen Fluss überging, die beiden Stadthälften verband. Ich schoss, auf seinen Wunsch hin, ein paar Bilder von ihm mit dem See und der bekannten Fontäne im Hintergrund. Als er mit den Ergebnissen zufrieden war, nahm er meine Hand und zog mich weiter. Er ließ sie auch zunächst nicht los, vielmehr suchte seine Hand ihren Weg zwischen meine Finger. Ich zuckte kurz zurück, erwiderte seine Geste dann aber.

Ich hatte das vorher noch nie in der Öffentlichkeit getan. Nicht mit einem Mann zumindest. Schließlich konnte dann ja jeder sehen, was Sache war. Selbst wenn man keine Aussage damit treffen wollte, und in der Regel wohnt Hand-in-Hand durch die Straßen zu laufen auch keine inne, trifft man eine. Das hat auch nichts mit Toleranz zu tun. Aber man wird zur Kenntnis genommen.

Ich beschloss, dass es mir egal zu sein hatte. Außerdem kannte mich ohnehin niemand hier.

Bei der nächsten Zigarette trennten sich unsere Hände wieder. Als hätten wir den Einen Ring aus Tolkiens Saga angezogen, waren wir damit wieder unsichtbar. Einfach zwei Kerle, nicht wert gemustert zu werden.

Wir spazierten eine Weile den Fluss entlang bis wir beinahe in Frankreich waren. Ein Gruppe Jugendlicher lag am Ufer, ein paar besonders mutige sprangen ins Wasser und stiegen flussabwärts wieder heraus. Die Strömung hatte sie erstaunlich schnell davon getragen. Blecherne Musik ertönte aus einem Handy. Es roch nach Gras.

Irgendwann war der Weg zu Ende. Zwei Flüsse liefen zusammen. Einer führte braunes, einer blaues Wasser. Ich fragte mich, was der Grund dafür war. Irgendwann waren beide aus einer sauberen Quelle entsprungen, und obwohl sie direkt nebeneinander verliefen, waren sie so unterschiedlich.

Ich fragte ihn, ob wir umkehren wollten. Nach der obligatorischen Fotoorgie war er einverstanden. Wir gingen gemütlich zurück zum Hotel, fielen, kaum angekommen übereinander her und beschlossen anschließend schwimmen zu gehen. Es gab eine Art Strand auf der anderen Seite des Sees, den man mit einer kurzen Bootsfahrt erreichen konnte.

Kurz darauf tuckerten wir gemächlich übers Wasser. Die Fahrt war umsonst, was mich überraschte, der Strand ebenso. Auch wenn die Bezeichnung ein Euphemismus war, war es schön. Es waren ein paar Quadratmeter Sand in die Landschaft gekippt worden, herum Grasfläche, flankiert von einem Stand, der Getränke und Eis verkaufte. Ich kaufte Bier im Plastikbecher, während es sich Gustavo bereits auf seinem Handtuch gemütlich machte.

Wir stießen wenig effektvoll an und platzierten, nach dem ersten Schluck, die Becher so im Sand, dass sie nicht umzufallen drohten. Er cremte sich ein, war er doch weißer als ich. Er hielt mir die Tube hin, ich lehnte ab. Wer holte sich schon in der Schweiz einen Sonnenbrand? Wie sich später herausstellen sollte: ich.

Die Aussicht war phantastisch. Der See war so groß, dass man das Gefühl hatte, am Meer zu sein, mit dem Vorteil, dass das Wasser nicht salzig war. Die Gebirgsketten, die sich um uns herum auftürmten konterkarierten diese Vorstellung zwar ein wenig, schön anzusehen waren sie dennoch.

Wir leerten unser Bier, bevor es warm werden konnte. Danach gingen wir ins Wasser. Es war kühl und klar.

Er umschlang mich von hinten und ließ sich dann fallen, so dass wir beide untertauchten. Meine Frisur war zwar vorher schon mehr oder weniger dem Wind zum Opfer gefallen, nun war sie aber endgültig ruiniert. Es war mir egal. Ich hatte den Eindruck, dass er mich auch ohne Frisur mochte.

Als wir wieder auftauchten, küssten wir uns, nicht kitschig romantisch, eher beiläufig, als wären wir schon ewig zusammen, als wäre es das normalste der Welt. Wir planschten noch eine Weile vor uns hin, bis es uns zu kalt wurde. Auf dem Weg nach draußen sagte er, dass er noch kurz im Wasser bleiben würde. Ich war verwundert, hatte er doch Gänsehaut und seine Lippen bereits eine leicht bläuliche Färbung angenommen. Ich sah ihn fragend an. Er sagte, es könnte eventuell peinlich werden, wenn er sofort mitginge. Nach einem kurzen Moment verstand ich, ging nochmal auf ihn zu, küsste ihn auf den Mund, überprüfte mit einer Hand seine Aussage auf ihren Wahrheitsgehalt, stellte fest, dass er nicht log und musste lachen. Er rief mir ein halb amüsiertes, halb verärgertes „Shut up!" hinterher, während ich bereits unseren Platz ansteuerte.

Wir lagen noch eine Weile nebeneinander in der Sonne, bis sogar ich zugeben musste, dass mir ein wenig Schatten gut tun würde.

Wir fuhren mit dem Boot zurück. Es war die Fahrt, auf der er einschlief, seinen Kopf auf meiner Schulter. Die Fahrt dauerte kaum eine Viertelstunde, aber ich genoss sie, sog jede Facette in mich auf. Den Fahrtwind, die Sonne, die bei jeder Welle unter der Plane, die das Boot überdachte, hervorlugte, das Gewicht seines Kopfes, der Geruch des Wassers, der Geruch von mir. Es war, als dekonstruierte ich meine Umgebung, um sie dann in meinem Kopf zu der Erinnerung zusammenzufügen, die mir bleiben sollte. Man hat ja auch keine andere Wahl. Alles wird zu Erinnerung. Das Geld ist ausgegeben, das Bier getrunken, man hat miteinander geschlafen, gefrühstückt, all das ist letztlich nichts anderes, als Wasser, dass im Abfluss verschwindet. Es ist einmal an einem vorbeigezogen, oder, noch bildlicher, durch die Finger geronnen, aber das war's dann auch. Es gibt eben nur Einweg-Momente. Nichts als ein paar Kilobyte an Erinnerungen.

Die guten, schönen, positiven kramt man ab und an hervor, um sich noch mal in den Moment zurückzuversetzen, den man nicht so recht loslassen möchte. Weil es einem gut ging. Oder aus welchem Grund auch immer. Man klammert sich an ihnen fest, als wären sie Freunde, die über einer Klippe baumeln.

Und die schlechten? Die klammern sich stattdessen an einem fest. Sie baumeln auch über dieser Klippe, aber sie ziehen einen mit hinab. Und sie krabbeln auch immer wieder herauf. Stetig, bis sie wieder oben angekommen sind und einen wieder an der Hand packen. Und sie kommen immer wieder. Immer.

Wir holten uns ein paar Sandwichs aus dem Supermarkt, die unser Abendessen darstellten. Sie waren mäßig lecker, aber bezahlbar.

Die Sonne ließ sich bereits auf den Bergen nieder, als wir das Hotel wieder verließen.

Den restlichen Abend verbrachten wir am Leuchtturm. Er befand sich am Ende eines steinernen Stegs, der wie ein Finger in den See deutete.

Über uns kreisten Milane. Zumindest vermutete ich, dass es welche waren. So gut kannte ich mich damit nicht aus. Ich fragte Gustavo. Er zuckte nur mit den Schultern.

Ich zündete mir eine Zigarette an und beobachtete die kleinen Wellen, die an den Steinen zerschellten. Gustavo zog seine Schuhe aus und hängte die Füße ins Wasser. Der Wind wehte ihm die Haare vor die Nase. Er strich sie sich alle paar Sekunden aus dem Gesicht.

„Vermisst du deine Heimat?" fragte ich ihn. Irgendwie war mir der Gedanke durch den Kopf geschwirrt.

„Meine Familie schon. Brasilien nicht."

„Wieso Brasilien nicht?"

„Ach, weil alles beschissen ist. Bald sind Wahlen, aber eigentlich kann man sich nur zwischen korrupt und noch viel korrupter entscheiden. Wenn man genug Knete hat, kann man alles und jeden schmieren, um zu bekommen, was man will. Die Reichen schotten sich ab, mit Zäunen, Mauern und Wachmännern, die Armen krepieren in den Favelas, vor allem im Norden Brasiliens.

Wir hacken den Regenwald kurz und klein und wundern uns, dass es immer weniger regnet, so dass an der Ostküste, in Sao Paolo oder Rio das Wasser knapp wird.

Und natürlich präsentieren uns gekaufte Wissenschaftler Studien, aus denen hervorgeht, dass zwischen beidem kein Zusammenhang bestünde." Er hielt inne, spielte an dem schmalen, goldenen Ring herum, den an der linken Hand trug. Er zog ihn aus, nur um es sofort wieder rückgängig zu machen.

„Das war die Kurzfassung. Ich könnte Stunden weiter erzählen," fügte er an.

„Und deine Eltern? Zu welcher Kategorie gehören sie?"

„Kategorie?"

„Zu den Reichen, oder denen in den Favelas."

„Weder noch. Sie verdienen gut. Mehr als die meisten in Brasilien. Aber sie sind nicht reich." Er kramte sein Handy hervor und zeigte mir ein paar Bilder. Von dem Ort, in dem er wohnte, dem Haus seiner Eltern, von Sao Paulo. Es sah hübsch aus und wollte nicht so recht zu dem passen, was er erzählte. Aber es waren ja auch eher politische Probleme, die er angesprochen hatte. Nichts, was man dem Land auf den ersten Blick ansah, vielmehr wie eine Art Tumor, der sich unsichtbar durch die Innereien frisst.

„Ihr habt einen Pool!", rief ich aus, als er mir ein entsprechendes Bild zeigte. „So schlecht kann es euch also nicht gehen!"

Er lachte. „Das ist nicht ungewöhnlich in Brasilien. Es sind 40 Grad im Sommer."

Ich überlegte, wie er das aushielt, wenn er sich bereits hier in Genf Sonnencreme aufgetragen hatte. Mein Schienbein nahm mittlerweile eine bedenklich rote Färbung an, aber ich wollte dennoch einfach sitzen bleiben. Ich drehte mich stattdessen so, dass ich mir selbst Schatten warf.

„Ich denke, ich werde nicht dort bleiben, wenn ich mit dem Studium fertig bin," sagte er.

„Wo willst du denn hin?

„Ich weiß es nicht. Vielleicht Europa. Ich bin jetzt bald ein Jahr hier und es gefällt mir. Ich glaube, es passt besser zu mir. Es ist irgendwie geordneter."

„Festgefahren trifft es wohl besser. Es kommt mir alles schon beinahe katatonisch vor, hier. Es bewegt sich nichts. Die Menschen bewegen sich nicht. Hier und da mal eine kleine Demonstration, eine Bewegung, aber nichts, was wirklich etwas in Gang setzt, wirklich etwas ändert.

Dabei gibt es überall in Europa Entwicklungen, die ich bedenklich finde. Staatspleite in Griechenland, Jugendarbeitslosigkeit in Spanien, nationalistische Tendenzen in beinahe allen Mitgliedsstaaten, Immigranten aus Afrika, fortgetrieben aus ihrer Heimat durch, von uns Europäern mitverschuldeter Verarmung, die wir zu Tausenden sehenden Auges im Mittelmeer absaufen lassen.

Wir sind vom Schlaraffenland so weit entfernt, wie man es überall anders auch ist."

Er sah mich nachdenklich an.

„Warst du schon mal in Brasilien?", fragte er mich nach einigen Augenblicken.

„Nein."

„Südamerika?"

„Nein."

„Irgendwo außerhalb von Europa?"

„Nein."

„Hm. Dann sag das nicht. Ich weiß, dass auch hier vieles besser sein könnte. Aber, dass Europa so weit vom Schlaraffenland entfernt sei, wie man es überall anders ist, egal, ob im Vergleich zu Brasilien, oder Afrika, oder sonst wo, das kannst du nicht behaupten. Ich war sowohl in Europa, als auch in Südamerika, als auch in Asien.

Es ist anders, wenn man etwas mit den eigenen Augen sieht. Man begreift es so richtig erst dann.

Flieg nach Brasilien, geh ich eine der Favelas in Sao Paulo. Schau dir an, wie die Menschen da leben. Zu sechst, zu siebt in einem Haus nicht größer als ein Vogelhäuschen. Viele sind aus Pappe, manche aus Holz. Die wenigsten aus Ziegeln. Alles dicht an dicht. Kein sauberes Trinkwasser, keine Müllabfuhr. Allein der Gestank, vor allem im Sommer. Du müsstest es nur riechen und würdest deine Meinung ändern. Niemand weiß genau, wie viele Menschen überhaupt dort leben. Und sterben. Und niemand will es wissen."

Er holte Luft. Es wirkte, als wollte er noch etwas sagen, aber er ließ es. Stattdessen schwiegen wir. Ich dachte darüber nach, was er gesagt hatte. Man denkt ja nicht wirklich über all das nach, was nicht vor der eigenen

Haustür passierte. Wahrscheinlich sind einem die eigenen Sorgen schlicht am nächsten. Man überhöht sie. Das ist auch kein europäisches Phänomen. Vermutlich geht es jedem so. Tausende Hungertote jeden Tag. Aber es passiert ja weit genug weg, es beschäftigt einen nicht wirklich. Der eigene eingerissene Fingernagel, der beschäftigt einen, der Schmerz ist unmittelbar fühlbar. Die Toten haben kein Gesicht. Das Leid hat kein Gesicht, keinen Namen. Es sind nur Zahlen. Abstrakte Linien auf Papier oder einem Bildschirm.

Wir sind wie Falter, die um ihre eigene Lampe schwirren. Jedes Glück ist unser ganz persönliches Glück, jeder Mist, in dem wir stecken, ist unser ganz persönlicher Mist und welches Ende wir auch nehmen, es ist unser ganz persönliches Ende.

Ein Schwan plusterte sich neben uns auf. Einer der Tropfen, die davon stoben, landete auf meinem Gesicht. Danach hatte er sich scheinbar genug aufgeregt und schwamm von dannen.

Ich legte mich auf den Rücken und beobachtete die Wolkenfetzen, die über mir vorbei zogen. Flüchtige Erscheinungen.

Gustavo schwang seine Füße aus dem Wasser und stand auf. Dann setzte er sich neben mich, sah auf mich hinunter. Er schmunzelte und nahm meine Hand. So saßen wir eine Weile da, keiner sagte etwas, jeder ging seinen eigenen Gedanken nach. Er im Schneidersitz, ich liegend.

Ich hätte einfach so einschlafen können. Es gab keine Sorgen, die mich wach halten hätten können. Keine Monster. Eine Rüstung aus Glück und Zufriedenheit, die jeden Gedankenpfeil abwehrte, schützte mich.

Nur hielt sie nicht lange. Eine Nacht noch. Die letzte, die wir zusammen verbringen sollten. Eine Nacht, in der wir nicht schliefen, außer miteinander. Es war, als wären wir in einem Delirium, wir kreisten nur um einander, kollidierten, schwitzten, lagen nebeneinander und schnauften. Aber sie endete, wie alles eben endet. Irgendwann. So logisch wie zynisch.

Am nächsten Morgen auf dem Weg zum Bahnhof, von dem sein Zug in Richtung Paris aufbrechen würde, setzten wir uns noch in ein Café, um ein maßlos überteuerten Wachmacher zu uns zu nehmen. Spatzen hüpften angstfrei zwischen uns herum. Wir sprachen wenig. Einerseits waren wir müde, andererseits trübte der bevorstehende Abschied unsere Laune.

Ich habe Angst vor Beziehungen. Und Angst vor allem anderen, das mir etwas bedeutet. Denn alles ist irgendwann vorbei. Sicher, auch schlimme Tage legen sich schlafen. Und Langeweile geht irgendwann vorbei und wird von etwas Vergnüglicherem abgelöst. Über Trauer legt sich ein seidenes Tuch, wenn nur genug Zeit vergeht.

Aber auch Menschen verschwinden irgendwann aus dem eigenen Leben. Oder man aus ihrem. Und jeder Abschied ist grausam. Jedes letzte Lächeln, jede letzte

Umarmung, selbst jeder letzte Streit. Die Frage ist nur, wie tief hast du drin gesteckt? Wie weit hast du dich hingegeben?

Ein Hund lässt sich nur dann am Bauch kraulen, wenn er dir total vertraut. Es ist seine verletzlichste Stelle. Und wie oft hast du deinen Bauch entblößt, bis du Angst davor bekommen hast, was passieren könnte? Vertrautheit geht immer einher mit Verwundbarkeit. Keine neue Erkenntnis, ich weiß, aber es war in den seltensten Fällen ein Deal, den ich bereit war einzugehen. Selbst in vernünftigeren Konstellationen als dieser. Ich meine, Herrgott, er würde in ein paar Tagen in ein Flugzeug steigen um am anderen Ende der Welt wieder in sein eigentliches Leben zurückzukehren, von dem ich kein Teil sein würde.

Zuhause, ganz in der Nähe meines eigentlichen Lebens, wartete ein grandioser Typ auf mich, mit dem ich jeden Moment genossen hatte, der über beide Ohren in mich verliebt war. Es hätte so einfach sein können. Ich hätte nur unterschreiben müssen.

Snowman melting
From the inside
Falcon spirals
To the ground (This could be the biggest sky)
So bloody red
Tomorrow's clouds

Als wir uns das letzte Mal in aller Öffentlichkeit küssten, kurz bevor er in den Zug nach Paris stieg und mich zurückließ, war mir eigentlich längst klar, dass ich mich, trotz aller Argumente, denen, die ich grundsätzlich vorschob, um nichts an mich heranlassen zu müssen und denen, die Logik und Verstand befahlen, in ihn verliebt hatte. Den Mann vom anderen Ende der Welt. Und nicht den vor meiner Haustür. Nichts was ich mir ausgesucht hatte. Vielmehr wie eine Erkältung oder eine Grippe. Viren, die in mich vorgedrungen waren und in mir ihr Unwesen trieben. Nur das sie keinen Schnupfen oder Husten hervorriefen. Sondern Unvernunft und Verlust an Selbstkontrolle. Aber nichts, was ich in diesem Moment kontrollieren konnte.

Er stieg ein, die Türen schlossen sich hinter ihm. Das war's. Es sollte das letzte Mal gewesen sein, dass ich ihn sah.
Der Zug setzte sich langsam in Bewegung, beschleunigte und verschwand irgendwann aus meinem Sichtfeld.

Ich erinnere mich an eine ganz bestimmte Unterichtsstunde auf dem Gymnasium, auch wenn sie schon mehr als zehn Jahre zurückliegt. Siebte Klasse, vielleicht achte. Das Thema war Film und Musik. Mir ist auch nur die eine Frage des Lehrers in Erinnerung geblieben und vor allem die Antwort darauf. Er war ein zotteliger, alter Kerl, den niemand leiden konnte, ich auch nicht sonderlich, wobei ich ihn lange nicht so schrecklich fand wie die meisten anderen. Er fragte uns, was das unrealistischste in Filmen sei, das, was es in der Realität definitiv nicht geben würde.

Sechs

1

Zwei Monate waren vergangen seit dem Tag in Genf. Kurz nach meiner Rückkehr hatte dafür er mir gesagt, dass er sich in mich verliebt hätte, dass er es schon länger war. Schon nach den ersten eins, zwei Treffen. Er sagte gar nicht viel mehr. Auch sein ganz besonderes Grinsen kam nicht zum Vorschein.

Er hatte es auch nicht völlig aus dem Zusammenhang heraus gesagt. Wir waren in meinem Bett gelegen, nachdem wir miteinander geschlafen hatten.

Ja, ich weiß, es war keine Woche vergangen, dass ich mit Gustavo das Bett geteilt hatte, am Ende eines der besten Tage meines Lebens. Ein Tag, der es auch wurde, weil ich ihn mit Gustavo verbracht und ihm gegenüber Gefühle entwickelt hatte, wie ich sie weder zulassen hatte wollen, noch überhaupt für möglich gehalten hatte, dass mir so etwas widerfahren könnte, dass sich Gefühle so schnell durch die Fettschicht aus Reserviertheit und kühler Berechnung, die ich mir über die Jahre angefressen hatte, dringen konnten. Und vor allem, dass dieser flüchtigen Bekanntschaft vom anderen

Ende der Welt gelungen war und nicht ihm, der nur einen Katzensprung entfernt wohnte.

Und dass ich so kurz danach wieder mit ihm im Bett lag, können Sie von mir aus unmoralisch, schäbig, oder sonst wie finden, das ist Ihre Sache. Ich habe bereits erwähnt, dass ich versuche, die Geschichte möglichst ehrlich zu erzählen. Ob Sie mich am Ende sympathisch finden oder nicht, obliegt nicht mir zu entscheiden, oder Ihnen vorzugeben.

Ich bin vermutlich nicht der schlechteste Mensch, den man sich vorstellen kann, aber davon, ein Heiliger zu sein, bin ich mindestens so weit entfernt, wie jeder andere auch. Vielleicht auch ein bisschen weiter, als die meisten.

Andererseits ist das ja auch Ansichtssache. Ich weiß nicht, was Sie von sich selbst halten. Ob Sie sich für einen guten Kerl halten – und ob Sie auch wirklich einer sind. Halten Sie sich für schlau? Oder für gutherzig, aufgeschlossen, humorvoll? Oder sind Sie sich selbst am nächsten? Wann haben Sie zuletzt gelogen und warum? Und sei es nur bei Ihrer letzten Steuererklärung. Helfen Sie Menschen in Not, oder geben Sie lieber vor, nichts mitbekommen zu haben?

Aber das sind ja auch alles nur Beispiele, man entscheidet ständig etwas zu tun, oder eben nicht zu tun. Im Großen, wie im Kleinen.

Worauf ich hinaus will: Wer richtet darüber? Wer entscheidet über sympathisch, nicht sympathisch, klug oder dumm, richtig oder falsch?

Man macht sich ja immer ein Bild über die Menschen um einen herum und sei es nur unterbewusst. Ich finde das auch nicht verwerflich. Zumindest nicht, solange man sich auch eines über sich selbst macht.

In jedem Fall lagen wir in meinem Bett, jeder auf der Seite, den Kopf in eine Hand gestützt, in der anderen eine Zigarette und sahen einander an.

„Hm," sagte er. Es war seine Art der Gesprächseröffnung. Ich sah ihm an, dass er vorhatte, etwas zu sagen, dass ihm nicht leicht fiel, vielleicht sogar unangenehm war. Er wirkte unsicher.

„Hm?", fragte ich zurück?

Er zögerte. „Was ist das eigentlich für dich?"

„Was?" Ich glaubte zu wissen, worauf er hinaus wollte, wollte aber sicher gehen. Und Zeit gewinnen.

„Na ja, das hier!" Er deutete mehrfach mit der Zigarette auf sich und mich. „Das zwischen uns."

Ich drückte meine möglichst umständlich aus. Wieder um Zeit zu gewinnen.

„Wir mögen uns, wir verbringen Zeit miteinander, wir schlafen miteinander. Ich würde sagen momentan ist es das, oder?"

„Reicht dir das?" Er sprach nicht laut. Er war merklich unsicher. Wäre ich wahrscheinlich auch gewesen, hätte man mir eine ähnlich nichtssagende und bescheuerte Antwort gegeben, wie ich ihm. Eigentlich hatte ich ihm gar nicht auf die Frage geantwortet. Vielmehr hatte ich sie umschifft, weil ich sie nicht beantworten wollte, wie ich es immer tat, wenn mich jemand zu meinen

Gefühlen befragte. Das war die eine Methode. Die andere war „Reicht es dir denn?", Gegenfrage.

„Nein, tut es nicht. Nicht mehr. Sonst würde ich dich nicht fragen!

Weißt du, wir haben uns jetzt so oft getroffen, das ist nichts halbes und nichts ganzes so. Und es ist jedes Mal, wenn wir uns sehen, so wie es heute ist: Wahnsinnig schön! Ich vermisse dich schon, nachdem ich hier zur Tür heraus bin. Jedes Mal. Und ich merke es, wenn ich Freunden von dir erzähle. Die Art, wie ich von dir erzähle. Und ich will weder weiterhin einer von vielen für dich sein, noch umgekehrt. Weißt du, ich hab eigentlich keine Ahnung, was ich hier laber, irgendwie klang das alles in meinem Kopf besser. Ich bin nicht gut in so etwas- " Er wirkte beinahe ein wenig verärgert.

Er sah wieder zur Seite. Dann wieder mich an. Dann wieder zur Seite. Mein Gehirn ratterte. Was sollte ich ihm entgegnen? Wie ehrlich? Und was war überhaupt ehrlich?

Außerdem lag er nackt vor mir, in all seiner Schönheit. Das Dreieck war dieses Mal nicht aus seinem Ohr gepurzelt. Die Unsicherheit und ja, auch die Verwundbarkeit, die ich in seinem Gesicht zu lesen glaubte, ohne, dass ich erklären könnte warum, ließen ihn noch hübscher und begehrenswerter erscheinen als er es ohnehin schon war. Er lag ja da wie auf dem Präsentierteller. Und er wollte mich! Aus all den Möglichkeiten, die er hatte, wollte er mich. Auch wenn ich das zugleich etwas suspekt fand. Nicht einmal ich selbst wollte mich.

Und dennoch, für eine Sekunde, vielleicht auch nur den Bruchteil davon, war ich kurz davor, oder jonglierte zumindest mit dem Gedanken in meinem Kopf, einfach zu sagen, ja, ich empfinde genauso. Es wäre richtig gewesen, rückblickend, aber es wäre falsch gewesen in diesem Moment. Heute ja, heute könnte ich einfach sagen „ich liebe dich", ohne, dass es sich komisch anfühlen würde, ohne dass ich auch nur ein kleines bisschen flunkern müsste. Aber damals wäre es gelogen gewesen.

Nur, was antworten, emotional besoffen, wie ich es nun mal von Gustavo war?

Rückblickend schießen mir bei dem Gedanken an diesen Moment immer irgendwelche Kalender- oder Glückskeks-Sprüche in den Kopf. „Folge immer deinem Herzen!", oder wie die Amis es formulieren „The heart wants, what it wants" - absoluter Schwachsinn! Ich habe keine Patentlösung im Angebot, zugegeben, aber diese Sprüche sind für mich lediglich der Versuch zu legitimieren, sich wie ein Vollidiot verhalten zu dürfen.

Und ab welchem Punkt wird der ganze Scheiß so irrational, dass er als pathologisch bezeichnet werden kann? Erst bei Mord aus Eifersucht, beim Stockholm-Syndrom? Oder schon bei der misshandelten Ehefrau, die ihren Mann nicht verlässt, weil sie ihn ja doch noch irgendwie liebt? Oder langt es schon, sich perspektivlos in jemanden zu verlieben, wenn sich einem gleichzeitig jemand großartiges aus der Nachbarschaft vor die Füße wirft? Letzteres wahrscheinlich nicht. Vermutlich ist es schlicht Dummheit. Die ist nicht pathologisch, somit auch nicht behandelbar.

Und nur allzu oft sind es diese Abzweigungen im Leben, die wir gar nicht als solche wahrnehmen, die uns dennoch irgendwohin bringen, viel weiter entfernt, als wir sehen können. Fast immer sind die Wege, die wir beschreiten, Einbahnstraßen und Sackgassen zugleich, die uns nie wieder an den Punkt zurückkehren lassen, an dem wir uns für eine Richtung entschieden haben. Man kann das Spiel nicht vom letzten Speicherstand laden, wenn einem das Ergebnis der gefällten Entscheidungen nicht behagt.

Ich sah ihn bereits eindeutig zu lange an, oder eher knapp an ihm vorbei. Irgendetwas musste ich ja sagen.

Und dann tat ich es einfach. Ich erzählte ihm von Gustavo, von Genf, nicht wirklich ausführlich, nur soweit, um begründen zu können, sinnvoll oder sinnlos, fadenscheinig oder ehrlich, bescheuert oder vollkommen bescheuert wie es war, warum ich nicht mit ihm zusammen sein wollte. Konnte.

Es dauerte nicht lange. Zwei Minuten, vielleicht drei. Unsere Nacktheit machte die Situation noch unangenehmer, als sie es ohnehin schon war.

Er versuchte sich wenig anmerken zu lassen, er nickte vielmehr, als verstünde er mich. Warum auch immer. Vermutlich aus dem letzten Funken Stolz heraus, der ihm in dieser Situation geblieben war.

Und ich sah es ihm an. Sah ihm an, wie er mit jedem Wort, das ich sagte auf eine schwer zu erklärende Art und Weise schrumpfte. Er spielte mit der linken Hand an seinem rechten Daumen.

Als ich fertig war, setzte eine klirrende Stille ein. Schweigen der unangenehmsten Sorte.

Es war so seltsam und grotesk wie es logisch war. Vor einer halben Stunde, war es das normalste von der Welt, dass wir uns küssten, dass jede Berührung Wohlbefinden auslöste und einen Wimpernschlag später war all das ausradiert, alles aufgebaute eingerissen.

Nach diesem Abend, er war kurz darauf gegangen, passierte zwei Monate mehr oder weniger gar nichts. Ich studierte bestenfalls halbherzig vor mich hin und tat auch sonst wenig berichtenswertes. Es war frustrierend. Freundlich umschrieben. Ich trank mehr als üblich, hauptsächlich aus Langeweile und weil ich nichts mit mir anzufangen wusste. Ich hatte kein Ziele, nichts was mich antrieb, vielleicht etwas, für das ich morgens aufstehen sollte, aber ganz sicher nicht wollte. Spatz und Taube saßen beide auf dem Dach, einen von beiden hatte ich schließlich selbst darauf gesetzt.

Und auch wenn es Tage gab, die wohl ganz vergnüglich waren, meistens welche in Gesellschaft, verbracht mit Freunden, waren selbst das Momente, denen es nur kurz gelang den Vorhang vor die Bühne zu ziehen, auf der das Stück aufgeführt wurde, dessen unfreiwilliger Hauptdarsteller ich war. Immer mal wieder streunte ein Komparse um mich herum, aber meistens saß ich alleine auf dieser Bühne. Ein Stuhl, ein Tisch, eine staubige

Glühbirne, die im Luftzug baumelnd von der Decke hing. Zeit verstrich, in der nichts passierte. Gar nichts. Jedes Publikum hätte schon längst den Saal verlassen, vielleicht abgesehen von ein paar Idioten, die in jedem Schwachsinn glauben Kunst zu erkennen.

Aber letztlich heruntergebrochen, was war mein Leben anderes, als das? Ein deprimierender Haufen Belanglosigkeit, hier und da koloriert von Gesellschaft, der ich etwas abgewinnen konnte und hier und da ausgebleicht von Gesellschaft, die ich zum Teufel wünschte.

Aber auf eine Lebensspanne übertragen waren beide nichts anderes, als das kurze Aufblitzen einer Sternschnuppe, verbunden mit der genau so irrigen wie kitschigen Hoffnung, irgendetwas von solcher Schönheit hätte Bestand, oder im Gegenteil der Einschlag eines Blitzes, der im Bruchteil einer Sekunde alles in Asche verwandelt, auf das er trifft, das in seine Nähe kommt.

So gibt es ja genug Menschen, die tatsächlich vom Blitz erschlagen werden. Ein Moment, der über sie kommt, der vor ihren bereits verkohlten Augenlidern aufblitzt, ein letztes Hallo, vielleicht sogar ein letzter vorbeisausender Gedanke, ein Wink des Begreifens, dass alles Mühsal, alles Streben, alle Disziplin, hier in dieser Sekunde von der Diktatur des Zufalls demaskiert wird, als das, was es immer gewesen war: ein Steigbügelhalter des Alltags, ein Korsett, dass den eigenen Verstand stützt und beschützt, ihn davor bewahrt, verloren zu gehen, ihn davor bewahrt sich mit etwas wie der eigenen

Endlichkeit zu beschäftigen, und auch damit, wie man diese Endlichkeit am besten verbringen solle.

Manchmal genügt ein Autounfall, oder ein Erdbeben, oder eben ein Blitzschlag um diese Endlichkeit abzukürzen. Und manchmal kürzt man sie selbst ab.

2

Sehen sie, es ist nicht sinnvoll zu trinken, wenn man solche Gedanken hat. Zumindest nicht, wenn man alleine ist. Andererseits hilft es aber, einschlafen zu können.

Meistens zumindest hat es mir geholfen, überhaupt schlafen zu können und mich davor bewahrt, mich schweißgebadet von den eigenen Ängsten im Bett zu wälzen, ohne auch nur die geringste Ruhe zu finden. Ich glaube auch, dass es so angefangen hat mit dem Trinken. Vielleicht will ich es aber auch nur glauben.

In gewissem Sinne war es auch stets eine Wette. Manchmal gelang es dem Alkohol die Monster dort zu lassen, wo sie hingehörten: Im Schrank. Dann, wenn er betäubte, wenn er sich wie Watte auf mich legte, ja, wenn er mich in den Schlaf erstickte und mich eben davor bewahrte, eine gefühlte Ewigkeit im Bett zu liegen, offenen Auges in die Dunkelheit zu starren, während alles mögliche, das mir mein Verstand vorgaukelte, um mich herum huschte, mich flüchtig mit heißen Fingern streichelte, so dass mein Herz aufgeregt zu pochen begann und mich trotz bleierner Müdigkeit wach hielt.

Mit jedem Schluck wurde alles diesiger, der Kopf auf den eigenen Schultern schwerer, das Gehirn darin träger.

Doch mit jedem Schluck, den ich nahm, stieg auch die Gefahr, dass es die Monster stärker machte, gar unbesiegbar. Als würde nicht ich trinken, sondern stattdessen sie eine Variante von Mirakulix' Zaubertrank – und wer glaubt ernsthaft, dass es sich dabei um etwas anderes, als einen Grog, oder so etwas ähnliches handelt, in jedem Fall etwas hochprozentiges.

In den Wochen nach Genf telefonierte ich noch häufig mit Gustavo. Via Internet, so kostete es nichts. Aber genauso erwartbar wie unausweichlich wurden die Abstände immer größer, bis wir irgendwann gar nicht mehr sprachen. Wir schrieben zwar noch miteinander, das taten wir sogar noch bis zuletzt, dennoch entwickelte sich das zwischen uns so, wie es nahezu jede Urlaubsromanze, selbst wenn ich mir immer einredete, dass es mehr als das gewesen war, tat.

Ja, moderne Kommunikationsmethoden, primär das Internet, bringen Menschen tatsächlich näher zusammen. In Sekundenbruchteilen überbrückt jede noch so dämliche Information nahezu jede Entfernung. Und doch, man kann sich eben nicht berühren, nicht wirklich sehen, unverpixelt, es ersetzt schlicht nicht, nebeneinander einzuschlafen, sich zu küssen und auch nicht miteinander schlafen zu können. Es ist, als wäre man verliebt in die Idee einer Person, die zwar verschwimmend vor dem inneren Auge vor sich hin wabert, sich aber einfach nicht materialisieren kann. Was bleibt ist eine Erinnerung, ein Gedanke, der langsam ausbleicht, wie Negative im Sonnenlicht.

Und ja, ich bin mir recht sicher, dass wir uns nicht aus den Augen verloren, aus einander Sinn gepurzelt wären, ganz im Gegenteil, dass wir vielleicht zusammen-gekommen, ein Liebespaar geworden wären, wohnte er nicht so weit entfernt. Und es machte auch keinen Unterschied, ob tausend Kilometer, fünftausend, zwischen uns lagen, oder er auf dem Mond gewohnt hätte. Es machte einfach keinen Sinn. Man macht sich eine Weile etwas vor, auch weil man es sich selbst nicht eingestehen will, dass man von vorneherein auf ein totes Pferd gestiegen war.

Wir hatten uns eine Weile an diesen Gedanken, diese Idee, dass die Entfernung kein Problem sei, geklammert, dass ich ihn besuchen kommen würde, oder er mich (beides geschah selbstredend nie).

Aber egal wie schnell man rennt, oder flieht, wie schnell man versucht zu entkommen, die Realität ist immer schneller. Sie holt einen immer ein. Früher oder später.

In unserem Fall früher.

3

Nach knapp zwei Monaten meldete er sich das erste Mal wieder bei mir. Wir schrieben ein bisschen miteinander. Unverfängliches Zeug. Wie es einem gehe („gut"), was es so neues gebe („nichts"), was man so gemacht habe („das übliche").

Ob er mich vermisste, wusste ich nicht, ich vermisste ihn nicht wirklich – mit einer Ausnahme, die körperliche Nähe und das was damit einherging. Es mag banal sein, aber so ist es nun einmal.

Es war ein wenig holprig, wieder eine unverkrampftes Gesprächsniveau zu erreichen. Es vergingen ein paar Tage, an denen wir uns hin und wieder schrieben. Nichts substanzielles. Zumindest bis er die Frage stellte, was ich am Wochenende geplant hatte.

Wieder waren es Zufälle, die dazu führten, dass alles so kam, wie es eben kam.

Und mit der romantischen Vorstellung, dass alles irgendwie Schicksal, in irgendeiner Form vorausbestimmt sei, oder gar zwei Menschen für einander geschaffen wären, kann ich leider nichts anfangen. Ich würde es gerne glauben. Wobei, vielleicht ist es auch besser so, vielleicht hätte ich sonst schon früher das Bedürfnis verspürt, mir die Lichter auszuknipsen. Denn, wenn es es mein Schicksal wäre, so geworden zu sein, wie ich war, oder, die Dinge mir so widerführen, wie sie es getan haben, dann wüsste ich nicht, woraus ich Hoffnung speisen sollte, dass es besser werden würde, oder zumindest besser werden könnte.

Allerdings sprechen die Indizien dagegen, dass es eine Instanz neben oder über dem Zufall gibt. Menschen neigen dazu, sich selbst zu wichtig zu nehmen. Deshalb brauchen sie Gedankenkonstrukte wie Schicksal oder Bestimmung. Denn Zentrum dieser Ideen ist immer man selbst, ist, was einem widerfährt. Dem Zufall ist ja scheißegal wer man ist.

Jedenfalls waren es genau zwei Zufälle, die den Stein wieder ins Rollen brachten.

Zum einen fand an jenem Wochenende ein Festival in meiner Heimatstadt statt. Jedes Jahr zur gleichen Zeit. Es war charmant. Zudem war es wie eine Art Klassentreffen.

Egal, wen man aus welchen Gründen aus den Augen verloren hatte, man konnte sich sicher sein, dass man ihn an diesem Wochenende auf dem Festival wiedersah. Im Guten, wie im Schlechten. Die, auf die man sich schon Wochen vorher freute und jene, wegen denen man sich eher hinter einem der zahlreichen Stände verstecken, oder einen Anruf fingieren wollte, nur um sich nicht worthülsig und schleppend für ein paar paar Minuten unterhalten zu müssen.

Es war jedenfalls alljährlich eine Mischung aus Musik, tanzen, plaudern, trinken, und was man eben sonst noch so machte. Eine Art Insel im Alltag, auf der man für ein paar Tage von allen Dingen, die einen sonst beschäftigten in Ruhe gelassen wurde. Als befände man sich in Quarantäne. Eine gute Variante davon. Vielleicht ging es auch nur mir so. Das weiß ich ja nicht. Aber ich weiß, wie sich die letzten Schritte, Sonntag abends, wenn alles zu Ende war, die man Richtung Ausgang ging, durch das Tor, anfühlten. Wie sie anfingen mit kalten Fingern nach mir zu greifen. Finger, die sich Schritt für Schritt enger um meine Brust legten und sie zusammenpressten. Und wie mir meine eigene Stimme zuflüsterte: „Ich hoffe du weißt, was jetzt kommt. Natürlich weißt du es! Du weißt, dass du dich nicht länger verstecken kannst. Du bist wieder auf meinem Hoheitsgebiet, nicht mehr auf deiner Insel! Hier habe ich das Kommando. Und du kannst trinken so viel du willst, jeden Abend, und du weißt auch, dass es nicht erst Abends beginnt. Schütte nur in dich, was du willst und wie viel du willst. Denn ich komme wieder. In dem Moment, in dem du die Augen aufmachst, bin ich da. Wenn du allein bist, bin ich da. Oder, wenn du glaubst, alles im Griff zu haben und für einen Moment glaubst, dass alles gut werden könnte, bin ich da."

Meistens gelingt es dem Alkohol tatsächlich die Stimme zum verstummen zu bringen. Keinesfalls jedoch immer. Es sind die schlimmsten Nächte. Wenn diese Stimme wie eine betrunkene Nutte in meinem Kopf herum torkelt, obszön, frivol und voller Verachtung.

4

Der Tag hatte mit dem besten Sex, den ich je hatte und jemals danach wieder haben würde, begonnen. Also er hatte nicht direkt damit begonnen, aber der Rest, der davor passierte war scheißegal.

Und ja, der Sex war mit ihm. Wir schwitzten, wir fielen durch das halbe Wohnzimmer – Es war vertraut und, vielleicht auch, weil wir uns vorher lange nicht gesehen hatten, war es auch wild, ekstatisch. Vor allem war es innig. Wir kamen gleichzeitig, buchstäblich gleichzeitig und sackten genau so buchstäblich übereinander zusammen. Verschwitzt, außer Atem. Es war alles, was Sex sein sollte, es war alles, was Sex sein kann und doch so selten ist. Ich weiß nicht, wie oft man diese Art Sex in seinem Leben bekommt, wie viele Gutscheine man dafür zu Beginn in die Hand gedrückt bekommt, aber viele werden es vermutlich nicht sein.

Meistens fehlt einfach diese Verbindung, dieses Gefühl des Sich-Vereinigens. Oft ist es routiniert und mechanisch, oder noch schlimmer lediglich Triebbefriedigung. Nicht vereinigen, ja, noch nicht mal Sex. Es ist Ficken, beziehungsweise gefickt werden. Und unter Männern ist es noch schlimmer. Es verliert jede Bedeutung. Man schält den anderen von sich, kaum, dass man gekommen ist.

Aber irgendwie hatte es Bedeutung zwischen uns. Man konnte es spüren, fühlen. Vielleicht sogar am meisten in dem Moment danach, als alle Spannung abfiel und wir uns ansahen und beide grinsen mussten. Wir sahen uns ein paar Momente in die Augen, dann küssten wir uns. Auch das innig. Nicht dieses laszive Schlabbern mit der Zunge, sondern einfach nur Lippen auf Lippen. Dann löste er sich langsam von mir, strich mir nochmal mir der linken Hand durch die Haare, stand auf und hüpfte ins Bad.

Ich saß einfach nur da. Und atmete. Und sah ins Nichts. Noch nicht mal nach der sonst so verlockenden Zigarette danach war mir.

Ein Moment, den ich gerne eingefroren hätte.

Dieser Tag liegt nun schon länger zurück, aber es gibt kaum einen, an den ich häufiger denke, der mir noch präsenter wäre. Vielleicht, weil es der Tag war, an dem Hoffnung in mir zu keimen begann. Hoffnung, dass das Leben mehr war, als irgendwie den Tag zu überstehen, bis man sich selbst gegenüber rechtfertigen konnte, mit dem Trinken zu beginnen, dass es vielleicht doch etwas geben könnte, was einen dazu brachte mit dem ganzen Scheiß aufzuhören, etwas, das einen glücklich aufwachen ließ.

Am Morgen hatte ich ihn vom Bahnhof abgeholt. Er war extra mit dem Zug gekommen. Es war keine Weltreise, noch nicht mal eine Stunde Fahrt. Trotzdem. Für das Festival einerseits. Aber auch wegen mir. Für mich.

Als wir uns frisch geduscht zurecht machten für den Abend, beherrschten wir uns mühsam, nicht ein zweites Mal übereinander herzufallen. Stattdessen zogen wir uns an und machten uns fertig um Richtung Festival aufzubrechen.

Das Wetter war prächtig, die Sonne schien. Es war richtiggehend heiß. Wir fuhren mit geöffnetem Fenster und rauchten. Wieder überkam mich ein Schwall Glückseligkeit und legte sich sanft auf meine Schultern.

Ich war ein bisschen unsicher gewesen, wie es werden würde, ihn wiederzusehen. Nach dem, was passiert war. Ob es komisch sein würde, oder verkrampft. Ob überhaupt noch etwas von dem da war, oder ausgegraben werden konnte, was wir mal gehabt hatten.

Keine meiner Befürchtungen war eingetroffen. Im Gegenteil. Es war, als wäre nichts passiert. Als hätte er er mir nicht gesagt, dass er sich in mich verliebt hatte, als hätte ich mich niemals mit meiner brasilianischen Affäre ihm gegenüber aus der Affäre gezogen.

Und als wären nicht Monate vergangen, in denen wir kein Wort miteinander gewechselt hatten. Aber scheinbar war nichts gekappt worden. Keine Verbindung.

Erste Dates sind ja oft etwas unangenehm. Man ist sich unsicher, was man sagen soll, unsicher wie man sein Gegenüber findet. Dafür ist es spannend. Aus genau den gleichen Gründen.

Der Tag mit ihm war ein Mix aus beidem, der sich aber nur die positiven Eigenschaften herausgepickt hatte. Es war aufregend, ohne unangenehm zu sein.

Sehen Sie, ich bin nicht gut darin, zu beschreiben, was der Tag mit ihm, vor allem rückblickend, für mich bedeutete. Es war ähnlich dem Tag in Genf und doch anders. Es war genauso befreiend, genauso losgelöst von allem, genauso profanes und allumfassendes Glücklich-sein. Und doch anders.

Über uns schwebte nicht das Damoklesschwert, dass wir letztlich nichts sein würden. Nichts, als ein kurzes Berühren, ein flüchtiges Großartig-Sein. Aber eben nichts, was was die Chance hatte zumindest für eine Weile gut zu sein. Nicht so endlich, dass man die Stunden zählen konnte.

Wir fuhren schweigend die kurze Strecke von mir zuhause bis zum Festivalgelände. Meine Hand auf seinem Oberschenkel, seine auf meiner. Nur wenn ich den Gang wechseln musste, nahm ich sie kurz weg.

Wahrscheinlich bin ich nicht der emotionalste Mensch. Wahrscheinlich würden das sogar die meisten meiner Freunde so behaupten. Ob ich es schon immer war, weiß ich nicht mehr. In jedem Fall bin ich es geworden, habe es mir antrainiert. Stiff upper lip würde der Brite sagen. Weil ich Ihnen nicht viel nennen könnte, das mir besonders viel bedeutet. Ein paar Ausnahmen gibt es aber. Wenn sie mir jedoch die Pistole auf die Brust halten würden und fragen, ob es eine Person gäbe, auf die ich nicht verzichten könnte, würde ich Ihnen antworten: Ja! Eine!

Fünf

1

Es war der Tag der Rückkehr aus Genf. Ich nahm eine Mitfahrgelegenheit. Ich saß mit drei anderen Personen im Auto, mit keiner hätte ich unter normalen Umständen mehr als drei Sätze wechseln wollen. Ich saß also die Zeit ab, lächelte gelegentlich und antwortete einsilbig, aber freundlich, wenn ich etwas gefragt wurde.
Ich hatte noch einen Zwischenstopp eingeplant, bevor ich wieder nach Hause zurückkehren wollte. Oder musste. Und zwar bei meiner besten Freundin. Sie wohnte auf halbem Weg, von daher bot es sich an, außerdem sahen wir uns leider ohnehin recht selten.
Und nur um es korrekt einzuordnen: Der Begriff 'beste Freundin' war vermutlich die Untertreibung schlechthin. Wir waren einander viel mehr. Zumindest sie für mich. Alles andere ist ja recht schwer zu beurteilen. Ich bin nicht sie. Also weiß ich es nicht.
Ein paar Jahre zurückliegend waren wir sogar ein Paar gewesen. Drei Jahre lang ungefähr. Es war eine anstrengende Zeit gewesen, eine intensive. Mit vielen Hochs und sehr vielen Tiefs. Einerseits waren wir noch

sehr jung, andererseits waren wir schlicht nicht kompatibel gewesen. - und wären es auch heute nicht. Nicht als Paar.

Das letzte halbe Jahr unserer Beziehung hatten wir nicht einmal miteinander geschlafen. Ich weiß, ja, darum geht es nicht unbedingt. Aber es war ein Symptom. Ein Symptom der „Krankheit" Freundschaft. Es sollte noch ein halbes Jahr, nachdem wir getrennte Wege gegangen waren, dauern, bis wir begriffen, dass wir zwar als Paar nicht funktionierten, als Freunde dafür umso mehr.

Wir telefonierten beinahe täglich, nicht selten mindestens eine Stunde. Es war beinahe schon so eine Art Ritual, dass sie mich anrief, wenn sie mit ihrem Hund spazieren ging und wir dann so lange plauderten. Wir hatten uns noch nicht mal stets etwas zu erzählen. Manchmal schwiegen wir minutenlang, während jeder seinen Gedanken nachging, oder sonst irgendetwas nebenher erledigte. Wir legten trotzdem nicht auf. Denn es war irgendwie ein gutes Gefühl, dass sie am anderen Ende der Leitung war. Sie war wie ein Anker für mich. Ein Anker, der entgegen aller Strömungen das Boot festhielt, so dass es nicht davon treiben und sich in den Weiten verlieren konnte.

Ich wusste beinahe alles über sie, sie nur das, was ich bereit war Preis zu geben. Ich erzählte ihr viel mehr, als jedem anderen, aber beileibe nicht alles. So viele Fragmente von mir, von denen sie keine Ahnung hatte, von denen niemand eine Ahnung hatte. Der Haufen

Scheiße, der sich mein Leben schimpfte, war wie ein Eisberg, bei dem nur die Spitze aus dem Wasser ragte.

Diesmal wollte ich ihr aber zumindest einen kleinen Teil von mir offenbaren. Der Teil mit den Männern. Auch wenn ich diesen nicht nicht als Teil des Haufens Scheiße ansah.

Ich war mir sicher, dass mir zwar ein längeres Gespräch mit ihr bevorstand, jedoch war ich mir ebenso sicher, dass es ein entspanntes werden würde.

Erstens wusste ich, dass sie an meiner Seite bleiben würde, egal was passierte – selbst wenn ich einen ganzen Kindergarten niedermähen würde – und ganz abgesehen davon, war sie die letzte Person, die ein Problem mit gleichgeschlechtlicher Liebe hatte.

Klar, sie würde überrascht sein, kannten wir uns schließlich schon grob zehn Jahre. Außerdem waren wir ja auch ein paar Jährchen zusammen gewesen. Aber es würde eher ein lustiges Gespräch werden, denn ein ernstes.

Ich sollte mich täuschen.

2

Als ich aus dem Auto stieg und dem Herrgott dankte, an den ich nicht glaubte, dass die Fahrt endlich ein Ende genommen hatte, hatte sich der Sonnenuntergang bereits verabschiedet und die Straßenlaternen sonderten ihr dumpfgelbes Licht ab. Ich fühlte mich wie eine zusammengefaltete Ziehharmonika.

Ich rief meine Freundin an, in der Hoffnung, sie würde mich vom Bahnhof abholen, was sie verneinte. Ich würde den Weg auch alleine finden, meinte sie, womit sie zwar Recht hatte, es war nicht mein erster Besuch, uncharmant fand ich es dennoch. Aber es war ihre Art, was sogar etwas war, dass ich an ihr mochte. Sie war nicht besonders girly, so schrecklich dieser Ausdruck auch ist, er trifft es am besten. Habe ich mich jemals gefragt, ob das ein Grund gewesen war, dass ich auf sie gestanden hatte? Ja, aber es ist Blödsinn. Zunächst war sie nur von ihrer Art her wenig feminin, optisch war sie schlicht bildhübsch und weiblich. Nicht die Kategorie frustrierte Lesbe. Überhaupt nicht. Und bloß, weil ich sowohl Männlein als auch Weiblein etwas abgewinnen konnte, bedeutete es ja nicht, dass ich auf männliche Frauen und weibliche Männer stand. Eine deutlich zu profane Ableitung.

Also schlenderte ich alleine die zehn Minuten zu ihrer Wohnung. Die Stadt war eine Stadt wie jede andere. Ich hätte überall anders sein können, ohne es zu merken. Man läuft eben durch.

Während ich lief und mäßig interessiert meine Umgebung musterte, dachte ich an das mir bevorstehende Gespräch. Ich hatte mir keinen Schlachtplan zurechtgelegt. Das tat ich eigentlich nie. Bei nichts. Ich konnte gut improvisieren. Das musste reichen.

Ich hatte meinen Rollkoffer ungleich beladen, so dass er alle paar Meter umfiel, was mich wahnsinnig machte. Es begann zu nieseln. Natürlich begann es zu nieseln! Nieseln ging in Regen über. Ich hatte selbstredend keinen Schirm dabei. Wie ich bereits sagte, dem Zufall ist es ja scheißegal wer man ist.

Zehn Minuten später klingelte ich an ihrer Tür. Durchnässt und genervt. Meine Laune war mit beschissen noch freundlich beschrieben. Die Tür summte und ich schleifte was ich so bei mir trug durchs Treppenhaus in den ersten Stock und feuerte es in den Flur. Meine Freundin sah mich entgeistert an. Dann sah sie an mir herab, sah meinen grimmigen Gesichtsausdruck und lachte laut. Ein paar Sekunden riss ich mich noch zusammen, aus Prinzip, aber dann musste ich einstimmen und prustete ebenfalls los.

Ich ging auf sie zu, umarmte sie und versuchte sie dabei so nass wie möglich machen. Sie schob mich von sich.

„Ich hole dir ein Handtuch," sagte sie und ging in ihr Zimmer. Die Katze zischte an ihr vorbei. Sie hatte mich nie besonders gemocht. Sie war mir recht gleichgültig. Eigentlich fand ich Katzen faszinierend, sie waren eigensinnige Kreaturen. Egozentriker. Und Bonvivants. Wenn ich es mir aussuchen könnte, würde mir kein besseres Leben als das einer Hauskatze einfallen, welches ich mit meinem austauschen würde. Wie um alles in der Welt sollte es eine vollkommenere Existenz geben? Nichts und niemandem verpflichtet.

Aber diese war ein komisches Exemplar.

„Wie geht's dir, Klopser?", fragte ich sie als sie mir das Handtuch in die Hand drückte. Fragen Sie mich nicht, wie es zu diesem Spitznamen gekommen war. Es hatte irgendetwas mit der Disney Figur Klopfer aus dem Film Bambi zu tun. Vermutlich war es zunächst eine wenig charmante Abwandlung davon gewesen. Mittlerweile hatte es sich aber etabliert. In verschiedenen Varianten.

„Wie geht's dir so? Schön dich endlich mal wieder zu sehen! Wollen wir erst mal eine rauchen?",
Damals rauchte sie noch. Mittlerweile hatte sie es aufgegeben. Wie die meisten meiner Freunde. Einer nach dem anderen fielen sie und frönten einem gesünderen Lebenswandel.
Völliger Schwachsinn!
Diese Besessenheit, krampfhaft möglichst alt zu werden, habe ich nie verstanden. Und es wurde einem nicht mal garantiert! Man weiß noch nicht mal, ob diese ewige Selbstkasteiung nicht ohnehin für den Arsch ist. Leute werden gegen jede Logik uralt, andere nicht. Es ist ein Glücksspiel, bei dem es einem nicht möglich ist, die Karten zu zinken.
Aber gut, da tickt ja jeder anders. Ich jedenfalls, würde fünfzig Jahre Völlerei, oder Rock 'n' Roll, oder Sünde, oder wie auch immer Sie es nennen wollen, hundert Jahren Askese jederzeit vorziehen. Jederzeit!

Sie nickte und wir gingen auf den Balkon, auf dem ein paar heruntergekommene Bastsessel standen. Sie waren bequemer, als sie aussahen. Ich legte die Beine auf das

Geländer und pfriemelte mir eine Zigarette aus dem Päckchen. Sie drehte selbst. Ich fing ohne sie an.

„Wie geht's dem Mann?", fragte ich sie. Sie hatte keinen Mann. Also keinen Ehemann, einen festen Freund schon. Wir nannten ihn nur immer so. Erneut: Fragen Sie mich nicht warum. Er war ziemlich in Ordnung. Ich glaube, er tat ihr gut. Alles andere war mir egal.

„Ach, der!", seufzte sie. Auf eine Art und Weise, bei der ich wusste, dass eigentlich alles okay war. Sie erzählte mir von einer minimalen Verfehlung, die er sich geleistet hatte, die so belanglos war, dass ich sie wahrscheinlich schon eine Woche nach unserem Gespräch wieder vergessen hatte. Sie regte sich pflichtschuldig darüber auf, wusste aber genauso gut wie ich, dass es keine große Sache war.

Sie schwadronierte noch ein paar Minuten weiter über das Thema, ich beschwichtigte, was ich meistens tat, auch weil ich nur mäßig Lust hatte, ihren Ausführungen weiter zu lauschen.

„Hast du was zu trinken da?", fragte ich sie. Sie hatte gerade ihre Zigarette ausgedrückt und Luft geholt, um fortzufahren. Ich hatte meine Chance gewittert und war dazwischen gegrätscht.

„Klar, was willst du?"

„Bier?"

„Hab ich nicht da."

„Wein?"

„Auch nicht."

Ich rollte die Augen.

„Einkaufen gehen? Bitte!"

„Oh Man! Na gut. Dann nehmen wir aber den Hund mit!"

„Deal!"

Keiner, den ich begrüßte. Ich konnte Hunde nicht ausstehen. Ihrer bildete keine Ausnahme, ganz im Gegenteil. Er schien zudem zu spüren, dass ich nichts für ihn übrig hatte und hasste mich inbrünstig.

Stephen King schrieb mal, dass man die Menschheit in Hunde – und Katzenmenschen unterteilen kann. Ich gebe ihm grundsätzlich Recht. Selbstredend will er damit mehr sagen, als welches Tier man irgendwie knuffiger findet, oder so ein Scheiß! Jedenfalls habe ich den Satz nicht vergessen und öfter darüber nachgedacht. Ich fühlte mich Katzen näher, das sagte ich bereits. Bedeutend! Sie waren freier, aber sie waren, glaube ich, auch einsamer. Ich weiß nicht, ob es sie störte, oder, ob sie es sogar genossen, eine Art Outlaw zu sein.

Gefiel ich mir selbst ein bisschen zu sehr in der Rolle? Ja, vermutlich war das so. Aber es war zu spät, um noch einmal aus ihr auszubrechen. Fühlte ich mich frei? Ging so. Fühlte ich mich einsam? Verdammt einsam sogar. Die meiste Zeit jedenfalls. Das hatte auch nichts mit der Menge an Menschen zu tun, die mich umgab. Ich hatte genug Freunde, gute Freunde sogar, Familie.

Es änderte nichts daran, dass ich mir wie ein Außerirdischer vorkam. So einer, wie ihn David Bowie in 'Der Mann, der vom Himmel fiel' verkörperte. Diese Szene, in der sich einer Operation unterzieht, weil er von Natur aus keine Brustwarzen hatte. Er war ein Alien. Jemand der nicht dort hingehörte, wo er war und sich doch unter allen Anstrengungen versuchte zu assimilieren, der verzweifelt war, weil es ihm nicht gelang, sich zugehörig zu fühlen. Ich fühlte mich auch nicht zugehörig. Ich begriff es erst spät, erst gegen Ende, dass das das Hauptproblem war, der Goethesche Kern des Pudels. Denn ich konnte mich nicht anpassen, vielleicht hatte ich es irgendwann einmal versucht, aber ich konnte und wollte es auch nicht mehr. Ich konnte eine Rolle spielen, ja, das konnte ich. Die Rolle des Jungen, bei dem alles soweit okay ist. Die beherrschte ich oscarreif. Nur sie war nicht ich. Es war eine Maske, die ich in Gesellschaft aufsetzte, Schminke, die alles verhüllte, jede echte Emotion übermalte.

Da meine Freundin kein Auto hatte, schleppte ich eine gute halbe Stunde später einen Kasten Bier durch den strömenden Regen. Es half nicht unbedingt meine Laune zu verbessern, wurde ich schließlich innerhalb kurzer Zeit zweimal nass.

Wieder in der Wohnung trocknete ich mich ab. Danach ließ ich mich erschöpft auf die Couch fallen und ploppte das erste Bier auf. Es war noch zu warm, aber das war mir egal. Okay, nicht egal, aber unter Abwägung der Parameter 'Warten' und 'Temperatur', war es eine einfache Entscheidung.

Sie setzte sich zu mir. Sie hatte sich irgendein Getränk gemixt. Es war moosgrün und und roch fürchterlich. Sie fragte mich, ob ich es probieren wolle. Für kein Geld der Welt.

Wobei. Auch so eine Floskel, die, wenn sie nicht gerade von jemandem, der in der Warren Buffett oder Bill Gates Liga spielt, ausgesprochen wird, eine Lüge ist.

Hauptsächlich hängt es von der eigenen finanziellen Situation ab, was man bereit ist zu tun. Ich glaube das wirklich. Die zweite Frage ist, wie viel Geld man dafür bekommt. Annähernd jeder ist käuflich. Manche für sehr wenig Geld, die meisten für mäßig viel, für ein paar muss man den Geldspeicher plündern und bei ein paar wenigen, bringt vielleicht sogar das nichts.

Moral ist ein dehnbares Band. Je nachdem, wie tief man in der Scheiße steckt.

Die Bevölkerungsgruppe, die am anfälligsten für die diese Angebote war, war jung, gutaussehend und arm. Und schwul.

Aber dazu später mehr.

3

Ich wusste nicht so recht, wie ich das Thema anschneiden sollte. Ich wollte sie auch nicht komplett damit überfallen. Also laberten wir eine Weile dummes Zeug. Die Katze sprang zwischen uns auf die Couch und rollte sich Blickrichtung zu mir zusammen, wie als wollte sie sicher gehen, dass ich der Person, die ihr Futter gab nicht zu nahe kam.

„Wie war eigentlich Genf so?", fragte sie nach einer Weile. Eigentlich lieferte sie mir damit einen guten Einstieg. Ich jonglierte mit Gedanken in meinem Kopf.

„Es war der Wahnsinn! Wir konnten uns zwar kaum etwas zu essen leisten, weil alles völlig unbezahlbar ist dort, aber das Wetter war super, der See auch. Man kommt sich fast vor wie am Meer, so riesig ist er. In der Stadt laufen zwar fast ausschließlich stinkreiche, alte Arschgeigen herum, aber das hat kaum gestört. Manchmal war das sogar ganz amüsant. Wie sie alle ihre Seidentücher aus dem Jackett hängen hatten. Und die Damen in ihren perfekt abgestimmten Kostümen. Man flaniert viel in Genf!", schloss ich und wir lachten beide.

„Und mit Gustavo habe ich mich auch sehr gut verstanden. Zu gut vielleicht," fügte ich an. Da war es. So richtig gesagt hatte ich es zwar noch nicht, aber eigentlich war der Golfball in der Luft. Abgeschlagen. Jetzt konnte ich nur der Flugkurve folgen und darauf warten, dass er aufschlug. Und wie er aufschlug.

Sie sah mich verwirrt an, als wusste nicht so recht, was sie mit der Information anfangen sollte, was sie auch nicht so recht tat.

„Zu gut?"

„Zu gut!"

„Was soll das denn heißen? Zu gut?"

Ich runzelte die Stirn, sah sie an und bemühte mich dabei ihr durchdringend in die Augen zu blicken, was wahrscheinlich einfach nur komisch aussah. Ich glaube mich zu erinnern, dass zu diesem Zeitpunkt sichtbar Nervosität von mir Besitz ergriffen hatte. Rastloses mit den Fingern an den Händen herumspielen. Zu viele „Ähms" in jedem Satz.

„Na ja..., also... -", wieder eine Pause. Kopfkratzen. Unnötiges Befeuchten der Lippen. Sie verdrehte nun ihrerseits die Augen.

„Gustavo ist nicht wirklich ein Kommilitone!"

Dann hielt ich wieder inne, beobachtete, wie sie reagierte. Man konnte beinahe hören, wie es in ihrem hübschen Köpfchen ratterte, wie sie Möglichkeiten erörterte und verwarf. Und, vielleicht bildete ich mir das auch nur ein, es mischte sich auch ein kleines bisschen Erkenntnis darunter. Aber eine Art der Erkenntnis, die man zunächst abwehrt, weil sie das eigene Vorstellungsvermögen nicht auf dem Schirm hatte, es nicht als Möglichkeit zu betrachten gewohnt war. Ich hatte mir damals schon gedacht, den Vergleich gezogen, so unpassend er Ihnen erscheinen mag, dass es den Vorgängen in den Köpfen der zuständigen Mitarbeiter der Atomkraftwerke in Fokushima oder Tschernobyl als die Kernschmelze eigentlich Sicherheit war, ähnlich gewesen sein muss.

Die befehlshabenden Überwacher hatten in beiden Fällen nicht so gehandelt, wie es den Vorschriften nach geboten gewesen wäre. Notrufe wurden unterlassen, Lageberichte geschönt zu Zeitpunkten, an denen ihnen das ganze Ausmaß der Katastrophe bereits bewusst war.

Aber der menschliche Geist ist auf eine wundersame Weise in der Lage, eine Art Film über den eigenen Verstand zu legen, insbesondere, wenn etwas so grausam, oder so unvorstellbar ist, dass man wohl verrückt würde, wenn es wirklich in das eigene Innerste vordringen würde, dass Unvorstellbare Realität wäre.

Es war auch immer der erste Gedanke, der mir bei Zombiefilmen durch den Kopf schoss, oder ich zumindest fragwürdig fand, selbst bei den wenigen sehenswerten: Wenn aus heiterem Himmel heraus deine Nachbarschaft als mutierte Zombies auf dich zu rennt, ist es nicht das naheliegende schlicht und ergreifend den Verstand zu verlieren und aufzugeben, anstatt eine kühl kalkulierte Flucht zu koordinieren?

Es ist der Umkehrschluss von Dürrenmatts' Aussagen in 'Die Physiker' ' was einmal gedacht wurde, kann nicht zurückgenommen werden': Alles was nicht gedacht werden will und kann, kann auch nicht sein.

Und so dachte sie, glaube ich, in diesem Moment auch. Sie hatte es begriffen, eigentlich, aber sie konnte und wollte es nicht glauben, weil es nicht sein konnte. Wie auch? Ich war lange (für unser Alter) mit ihr zusammen gewesen, nach ihr sogar noch länger mit ihrer 'Nachfolgerin'. Wie konnte also sein, was ich ihr versuchte mitzuteilen.

„Sondern?", fragte sie.

„Na ja -" Erneutes Zögern. Es fühlte sich an, als redeten wir seit Stunden darüber, dabei waren es gerade einmal ein paar Minuten. Alles verlief in Zeitlupe.

„Jetzt spuck' es endlich aus!" Es war fast, als wurde sie wütend.

„War das wirklich noch zu subtil?"

„Also willst du mir jetzt wirklich weiß machen, dass du was mit 'nem Typen hattest?", fragte sie.

„Jap."

„Du verarscht mich!"

„Nein!"

„Idiot!"

„Wieso?"

„Ich brauch 'ne Zigarette!" Sie sah mir in die Augen, als versuchte sie in meinen Verstand vorzudringen. Sie versuchte herauszufinden, ob ich sie auf den Arm nahm, oder es tatsächlich ernst meinte.

„Okay", entgegnete ich lediglich und schälte mich aus der Couch, um ihr auf den Balkon zu folgen.

Sie drehte sich hektisch eine Zigarette und war beinahe bereits damit fertig, als ich mir meine anzündete.

Sie sah mich an, den Kopf leicht zur Seite geneigt, die Augen zusammengekniffen, der Mundwinkel ein bisschen verzogen.

„Du verarscht mich!" Kein Fragezeichen. Ausrufezeichen!

„Warum sollte ich das tun?"

„Keine Ahnung. Wäre ja nicht das erste Mal, dass du mir irgendwas aufs Ohr erzählst."

„Doch nicht mit so was!"

„Und wie - Also, wie ist das überhaupt passiert?"

„Na ja. Also um ehrlich zu sein, ist das so, seit ich denken kann. Ich habe seit jeher beide Seiten der Medaille interessant oder anziehend gefunden."

„Also auch schon als wir -"?

Ich nickte. „Auch schon als wir."

Sie öffnete ihren Mund, um etwas zu sagen, schloss ihn aber zunächst wieder, ohne das ihm ein Ton entwich.

„Das ist jetzt wirklich dein Ernst? Ich fände es mittlerweile nicht mehr lustig, wenn du mich doch verarscht!", sagte sie dann doch.

Ich holte mein Handy aus der Hosentasche, öffnete den Chatverlauf mit Gustavo und drückte ihr das Gerät in die Hand. Ich zündete mir noch eine Zigarette an. Vor allem, weil ich nicht wusste, wohin mit meinen Händen, während sie las.

Sie schaute immer mal wieder vom Handy auf und mich an, während sie den Verlauf überflog. Immer noch dominierte Fassungslosigkeit ihren Gesichtsausdruck. Ich musste sogar ein wenig schmunzeln, ohne genau zu wissen, warum.

Dann geschah etwas, mit dem ich nicht gerechnet hatte. Zunächst gab sie mir das Handy zurück.

„Also, ich..." Weiter kam sie nicht. Stattdessen wurde ihre Stimme brüchig und sie begann tatsächlich zu weinen. „Du bist so ein Arsch!" Der Satz gelang ihr noch, dann stand sie auf, stürmte in die Wohnung und ließ mich durchaus etwas konsterniert auf dem Balkon zurück.

Ich zog ein letztes Mal an meiner Zigarette, bevor ich sie ausdrückte, und sah auf den Garten hinter dem Balkon, ohne ihn wirklich wahrzunehmen. Ich sah auf mein Handy. Keine Nachrichten.

Ich hatte nie mit mir gehadert deshalb, nie mich gefragt, wieso ich nicht war wie alle anderen. Nie eine

Identitätskrise gehabt, auch als Teenager nicht. Das ist keine besonders spannende Einlassung, ich weiß, aber so war es eben. Konfliktfrei. Ich glaube aber auch, dass das nicht unbedingt dazu gehört. Jeder ist da anders. Manche gründen Familien, setzen Kinder in die Welt, sind zig Jahre lang verheiratet, bevor sie plötzlich ausbrechen und all ihr verschüttetes und unterdrücktes Ich ausleben. Und manche machen bereits vorpubertär ihren Frieden damit. Es ist auch keine Frage der Konformität. Oder von Akzeptanz. In den allermeisten Fällen zumindest. Es geht um einen selbst. Darum, was man selbst sein will, um das Bild, das man von sich selbst so gerne zeichnen möchte. Und es ist nicht immer einfach zu akzeptieren, wenn man sich selbst nicht genügt. Vielleicht hatte ich auch das Glück, nie besonders hohe Ansprüche an mich selbst gehabt zu haben. Ja, ich hatte Abitur, aber ein sehr mäßiges, ich hatte ganz ordentlich Fußball gespielt, aber nie wirklich gut und von moralischer Heiligsprechung oder gar Integrität war ich war ich so weit entfernt, wie es eben nur ging, ohne jemand abzumurksen.

Aber dies war der erste Moment, bei dem ich mich wirklich fragte, warum das eigentlich sein musste, warum ich war, wie ich war. Warum alles so beschissen sein musste.

Ein Gespräch, das jedem Schäfchen, das auf der vorgesehenen Wiese grast, erspart bleibt, weil es nicht erklären muss, dass es ist, wie es ist, sondern es einfach sein kann. Das ist die eigentliche Diskriminierung. Und nicht schiefe Blicke in der Fußgängerzone, oder nicht heiraten zu dürfen, oder so ein Scheiß. Das ist nicht der Kern.

Nach ein paar Minuten kam sie zurück. Ihre Wimperntusche war verlaufen. Sie hatte ein Stück Küchenrolle in der Hand, Taschentücher hatte sie scheinbar keine gefunden. Sie setzte sich neben mich. Sie schniefte zwar noch ein wenig, aber sie hatte sich wieder halbwegs gefangen. Es waren nur noch Ausläufer. Sie schnäuzte sich noch mal und dann schien sie bereit: „Also! Ich will nicht, dass du mich falsch verstehst! Ich hab überhaupt kein Problem damit. Ich war ein bisschen schockiert und hätte auch nicht gedacht, dass ich so reagieren würde.
Weißt du, das einzige, was mich daran wirklich stört, was mich sogar richtig wütend macht, ist, dass du mir nichts gesagt hast. Jahrelang! Man! Wir sind so eng, so vertraut und du verheimlichst mir das. Ich finde das so scheiße von dir!
Ich verstehe ja sogar, dass du es mir nicht erzählt hast, als wir noch zusammen waren, zumindest ein bisschen, aber es ist so viel Zeit vergangen seitdem. Von mir weißt du auch alles!" Dann atmete sie tief ein, wischte sich ein letztes Mal eine Träne aus dem Augenwinkel und und kramte ihren Tabak hervor. Sie musste lachen. Über sich und die groteske Situation. Es war das erste Mal seit dem Beginn des Gesprächs, dass sie lachte. Es war ein gutes Zeichen. Es bedeutete, dass es überstanden war.

Ich überlegte kurz und sah ihr beim Rollen der Zigarette zu. Ich verstand sie, ja, und ich hätte mich erklären können, versuchen ihr zu verdeutlichen, dass ich das allerhöchstens als eine Facette von mir sähe und es nichts sei, was mich in irgendeiner Form definierte, oder sogar überhaupt irgend etwas sei, dass abgesehen von meinem Selbst jemanden oder etwas betraf. Denn so sah ich es. Es ist ein autotelisches zweckloses Etwas in mir, das erst durch das Hervorkehren und Thematisieren zu etwas herabgewürdigtem wird.

All das hätte ich sagen können. Ich ließ es. Es hätte zu nichts geführt.

Und dennoch auf der praktischen Ebene, nicht der theoretisch-philosophischen, war es natürlich befreiend, es ihr gesagt zu haben. Ich konnte endlich mit ihr über all die Themen reden, die ich bisher unter den Teppich gekehrt hatte.

Und schon wenige Wochen nachdem ich wieder zurück war, es war kaum ein Monat nach dem Festival, das ich mit ihm besucht hatte, rief ich sie an. Es war bereits spät. Aber ich hatte etwas auf dem Herzen.

Vier

1

Es gibt zwei Gruppen von Menschen, die in U-Bahnen sitzen. Die eine ist die der Smartphone-Zombies. Sie spielen, chatten, lesen und würden es nicht merken, wenn ein ausgewachsener Grizzlybär neben ihnen Platz nehmen würde. Es ist eine Epidemie! Selbst Leute, die sich kennen und sich genau so gut unterhalten könnten, starren wie hypnotisiert auf die Bildschirme. Es ist eine zweite Realität, die entsteht und die dabei ist, die eigentliche zu überholen.

Die zweite Gruppe ist die der tatsächlichen Zombies. Gesichter, die so gerne leer wären, die so gerne nicht die Geschichte erzählen würden, die sie erzählen. Es sind die vom Alltag geknechteten. Und es sind unfassbar viele. Furchen in ihren Gesichtern, tiefer, als sie sein dürften. Die Frisur nur halbwegs zurecht gemacht. Die Kleidung billig und praktisch. Und die Augen! Augen, die selbst bei einem flüchtigen Streifen alles erzählen. Alles! Sie erzählen vom Job, den sie zum Kotzen finden, von den Kindern, die das letzte bisschen des eigenen Selbst aussaugen, wie Vampire Blut. Oder es ist stattdessen diese unerträgliche Einsamkeit, weil niemand da ist, der mit einem frühstückt, all die Jahre nicht, niemand dem man Passagen aus der Tragödie, die das eigene Leben darstellt, erzählen kann. Oder es ist sogar jemand da, aber es ist eher jemand, den man nicht los wird. Vielleicht auch aus Angst, dass die Einsamkeit schlimmer sein könnte, als die schlechteste Beziehung, die zerüttetste Ehe.

Es sind Augen, die aufgegeben, oder besser, die sich ergeben haben. Der urnatürlichste Instinkt überleben zu wollen, ist vielleicht das einzige, was sie dazu bringt, jeden Morgen aufs neue aufzustehen und einen Tag zu beginnen, von dem sie wissen, dass er nur einen weiteren Bruchteil ihrer Selbst zerstören wird. Eigentlich sind sie nur noch Körper.

Sie sind Produkte einer Gesellschaft, die jeden Kompass, jede Moral und jede Menschlichkeit verloren hat. Eine Gesellschaft, für die der Konsum als Götzenbild das Surrogat aller Werte darstellt, und der doch nichts mehr als ein Anästhetikum ist.

Auch als ich an jenem Mittwoch einstieg, war es nicht anders. Die selben austauschbaren Fassaden.

Ich setzte mich neben eine ältere Frau. Sie schien all das bereits hinter sich gelassen zu haben, als wäre sie nicht mehr Teil von irgendetwas, nichts zugehörig. Sie war adrett gekleidet und las Zeitung. Gemütlich und zufrieden. Man sah ihr an, dass sie nichts und niemand hetzte.

Ich musste an ihn denken. Er war auch so eine Oase für mich, ein Ort, an dem alle Marter, die mich sonst heimsuchte, keinen Zutritt zu haben schien.

Ich war froh, dass wir uns wieder getroffen hatten. Zunächst auf dem Festival und um das Festival herum.

Nach der durchzechten und durchtanzten Nacht hatte
er bei mir geschlafen. Wir waren zusammen aufgewacht,
es war bereits beinahe Mittag. Wir hatten noch
mindestens eine Stunde im Bett verbracht uns
Geschichten vom Vortag erzählt, gelacht, mehr als es die
Situation verdient gehabt hätte und nicht miteinander
geschlafen. Nicht, wohlgemerkt! Aber es war ein selbst-
verständliches nicht miteinander schlafen gewesen.
Dieses, ja, wir sind müde und verkatert und wir wissen
genau, dass es noch zahlreiche bessere Gelegenheiten
dafür geben wird. Nicht dieses krampfhafte übereinander Herfallen, weil es ohnehin nur mehr oder
weniger um das eine geht.
Es war einfach schön nebeneinander zu liegen. Sich in
die Augen zu schauen, sich im Arm zu halten und für
einen Moment der Illusion zu erliegen, dass alles gut sei,
während in Wirklichkeit natürlich alles beschissen war.
Er hatte die Eigenschaft, mich all den Mist vergessen zu
lassen, einen Vorhang vor die Realität zu ziehen.
Wir hatten uns noch ein weiteres Mal getroffen seitdem.
Wir hatten einfach nur im Bett gelegen, einen Film
geschaut und vor uns hin erzählt. Und ja, da hatten wir
natürlich auch miteinander geschlafen. Es war an sich
bedeutungslos und marginal. Aber gerade diese
Bedeutungslosigkeit machte es zu etwas besonderem.
Wir wollten Zeit miteinander verbringen. Beide. Scheiß
auf den Sex, scheiß auf seine faszinierenden Augen,
scheiß auf seine Lippen, die mich bereits beim ersten
Treffen umgehauen hatten. Darum ging es schon längst
nicht mehr.

Worum es ging? Darum, dass wir nackt, Arm in Arm, unsere Körper eng aneinander geschmiegt daliegen konnten, Chips futtern, einen Film schauen und einfach dabei einschlafen konnten, ohne, dass es jemand zum kotzen fand, ohne dass der andere sofort nach dem Orgasmus das Weite suchte. Ich hatte zwar nie diese Art Dates mit Frauen, also Dates, bei denen es letztlich nur um das eine ging, von dem Backgammon-Date mal abgesehen, aber ich bin mir ziemlich sicher, auch aus eigener Erfahrung, dass man bei den meisten froh ist, wenn sie zu Ende sind.

Sehen Sie, ich habe einige Kerle kennen gelernt in den letzten Jahren. Hübsche und weniger hübsche, junge und ältere, kluge und dumme, es war von allem etwas dabei.

Kurt Tucholsky schrieb in seinem Roman 'Schloss Gripsholm' „Wie schön, dass du da bist - Und nicht hier". Eine großartige und zeitlose Formulierung, die komprimiert, was ich bei allen meinen Bekanntschaften dachte. Selbst wenn es halbwegs nett gewesen war und der Kerl attraktiv, war ich meist froh, wenn ich ihn wieder los war.

Und er war der einzige, wirklich einzige, bei dem ich froh war, dass er hier war – und nicht da.

Die alte Frau rollte ihre Zeitung zusammen, strich sich noch einmal über ihre Jacke und stand sicheren Schrittes auf. Der Zug fuhr in die Haltestelle ein, an der auch ich aussteigen würde. Nur noch ein paar Minuten bis ich die Klingel betätigen würde.

Ich versuchte mich in der Station zu orientieren. Ich war noch nie zuvor hier gewesen, das Viertel lag ein bisschen außerhalb. Ich schaute auf mein Handy, tippte in paar Mal darauf herum, dann spuckte es mir den richtigen Weg aus. Ich stieg die Treppen in Richtung Ausgang empor und blickte mich um. Klassische Vorort-Idylle. Grundstücke, deren Vorgärten von Hecken, oder Holzzäunen umrahmt wurden, saubere Bürgersteige, viel Grün. Um es kurz zu machen, es gefiel mir nicht. Es war steril und kalkuliert. Keiner der U-Bahnzombies würde sich je hier ein Haus, oder auch nur eine Wohnung leisten können. Ich folgte den Anweisungen meines Handys und schlenderte in die entsprechende Richtung. Ich war überpünktlich und brauchte mich nicht zu beeilen. Ich überlegte, ob ich mir noch eine Zigarette anzünden sollte. Sechs Minuten zu Fuß. Ich steckte mir eine an.

Eine Frau mit Hund kam mir entgegen. Sie telefonierte und schien mit ihren Gedanken überhaupt nicht da zu sein. Sie trug einen Hosenanzug und sah so aus, als wäre sie gerade erst von der Arbeit nach Hause gekommen und ging nun pflichtschuldig ein paar Runden um den Block. Könnte es der Hund selbstständig, hätte sie ihm die Tür aufgehalten, um sich dann auf die Couch fallen zu lassen.

Es war bereits früher Abend, aber es war immer noch taghell und warm. Ein leichter Wind fuhr mir durch die

Haare. Ausnahmsweise machte ich mir keine Gedanken, ob meine Frisur unbeschädigt bleiben würde bis ich ankam.

Die Klingel war vor einem Tor. Eines dieser bescheuerten und humorfreien 'Warnung vor dem Hund' Schilder mit einem kleinen Hundebaby darauf, das zuckersüß in die Kamera glotzte, hing daneben.

Ich atmete nochmal tief ein, dann betätigte ich die Klingel. Ein paar Sekunden später summte der der Öffner und ich ging durch das Tor.

Er stand bereits in der Haustür und winkte. „Hier lang!", rief er und grinste. Als sei ich schwachsinnig oder blind und würde ohne seine präzise Einweisung schnurstracks gegen die Hauswand rennen. Ich lächelte in seine Richtung.

Er trug eine Jeans und ein gestreiftes Hemd. Er hatte mehr als ein paar Kilo zu viel. Er war nicht wirklich fett, aber er hatte die klassische Wohlstandsplauze, die die meisten Männer jenseits der fünfzig haben. Ich grübelte, wie alt er überhaupt war, beziehungsweise welches Alter er in seinem Profil angegeben hatte. Ein bisschen schummeln ist da ja nicht unüblich. Die jungen machen sich älter und die älteren jünger.

Er schloss die Tür und bedeutete mir, ihm zu folgen. Er hatte eine zweiteilige Couch, auf der ich Platz nahm, nachdem ich mich meiner Schuhe entledigt hatte.

„Magst du etwas trinken?", fragte er mich. Er schien ein bisschen nervös zu sein. Irgendwie war ich es tatsächlich auch und ich hoffte, dass er es mir zumindest nicht anmerkte.

Ich überlegte. Wodka, viel, war der erste Reflex meines Gehirns.

„Wasser wäre gut", antwortete ich stattdessen. Er ging aus dem Zimmer und kam mit einer Flasche und zwei Gläsern zurück. In der Zwischenzeit hatte ich mich umgesehen. Ein großer Fernseher hing an der Wand, ein Ofen, dessen Abzug sich in Richtung Decke hangelte in einer Ecke, ein kleiner Tisch mit ein paar Büchern und Zeitschriften in einer anderen. Ein Teppich unter dem kleinen Tisch vor der Couch. Alles sehr geschmackvoll und klassisch. Ich empfand es zwar eher als bedrückend, aber das lag vermutlich mehr an mir, als an der Einrichtung als solcher. Ich konnte auch nicht so recht fassen, was mich störte. Vielleicht weil es eben so klassisch war. Vorstadtidylle. Auf traute Familie geschminkt.

Ich schenkte Wasser in mein Glas und trank einen Schluck. Er sah mich etwas unbeholfen an, so als wüsste er nicht so recht, was er sagen sollte.

„Schönes Haus!", sagte ich in die Stille, weil mir auch nichts besseres eingefallen war. Die Lüge ging mir leicht von den Lippen. Wie die meisten anderen auch.

„Dankeschön!", sagte er. Ich nahm einen weiteren Schluck um Zeit zu gewinnen.

„Fast ein bisschen groß für eine Person, oder?", fragte ich. Ich merkte, wie die Nervosität in seine Augen sprang. Es war nicht sehr auffällig, aber es war da.

„Nun, ich wohne hier auch nicht alleine." Ein verlegenes Lächeln huschte wie ein Schatten über sein Gesicht. „Meine Frau ist mit unserer Tochter die Großeltern für ein paar Tage besuchen gefahren. Es sind ja Ferien."

Ich hob die Augenbrauen, ohne Einfluss darauf gehabt zu haben. Es war eher ein Reflex.

Mir war es selbstverständlich einerlei, ob gerade Ferien waren oder nicht. Selbst, wenn seine Tochter das gesamte Schuljahr schwänzte, gäbe es nichts, was mich weniger interessieren würde.

Er hatte mir im Vorfeld nicht gesagt, dass er verheiratet war, oder gar Kinder hatte.

Ich überlegte. Gedanken schossen durch meinen Kopf. Was sollte ich mit dieser Information anfangen? Veränderte es irgendetwas?

Um ehrlich zu sein, kam ich rasch zu dem Schluss, dass es mir am Arsch vorbei ging. Das ganze hatte schließlich nichts mit mir zu tun. Ich war niemand verpflichtet, nicht wirklich zumindest. Rechtfertigen musste ich mich nur mir selbst gegenüber.

Was er mit seinem Leben anfing, war seine Sache. Mir war gleich, womit er sein Geld verdiente, mir war gleich ob und wie viele Kinder er hatte, ja, letztlich war mir auch gleich wie er hieß.

Er saß mir zwar gegenüber, aber auch wieder nicht. Nicht als Person. Er hatte keine Charakterzüge, er hatte für mich mehr Ähnlichkeit mit einer Schaufensterpuppe, denn mit einem Menschen.

Und wer saß ihm gegenüber? Sicherlich nicht Ich. Es saß ein gut getarnter Roboter auf seiner Couch. Aus Fleisch und Blut, aber ohne Eigenschaften, ohne Wesenszüge. Ich sagte Sätze, als wären sie von einem Zufallsgenerator ausgespuckt worden. Sätze, die ich niemals sagen würde. Harmlose Sätze, die nicht aneckten, die eigentlich nichts aussagten. Es war ohnehin nur belangloses Geplauder, es war egal, was ich sagte.

Wir redeten und schwiegen noch ein paar Minuten. Dann fragte er mich, ob wir nicht ins Schlafzimmer gehen wollten, dort sei es gemütlicher. Er stand auf und ich folgte ihm.

Wissen Sie, ich fliege äußerst ungern. Ich mag die Enge in diesen Kabinen nicht. Es macht mich nervös. Es ist nicht direkt Angst, aber wenn die Maschine beschleunigt und einige Sekunden später den Kontakt zum Boden verliert, bin ich von meinem Ruhepuls verdammt weit entfernt. So wirklich war das von der Natur ja auch nie so vorgesehen; das mit dem fliegenden Menschen. Letztlich sitzt man in einem Stuhl im Himmel. Und das in einem Bus, an den man an jeder Seite einen Flügel angeklebt hat.

Jedenfalls bin ich den ganzen Tag angespannt, wann immer ein Flug bevorsteht, was nicht wirklich oft der Fall ist, aber das spielt eigentlich keine Rolle. Wenn ich den Start hinter mich gebracht habe und es während des Flugs nicht allzu sehr wackelt, ist es dann aber auszuhalten. Man tuckert halt ein paar Stunden vor sich hin und wenn man nicht gerade aus dem Fenster schaut, könnte man auch genau so gut überall sonst sein. Richtig entspannt bin ich aber tatsächlich erst, wenn ich das Flugzeug wieder verlassen darf. Wenn ich es hinter mich gebracht habe. Ein beschwingendes Gefühl – es überstanden zu haben.

Als ich eine knappe Stunde später die Haustür hinter mir zuzog, mir eine Zigarette anzündete war es ziemlich ähnlich. Ein nervöses, unangenehmes Gefühl davor, währenddessen war es okay und danach befreiend.

Ich betrat die U-Bahn, war entspannt, gelöst, weil ich wusste, dass der Ausflug mich die nächsten zwei, drei Wochen über die Runden kommen lassen würde.
Ich mache mir nicht viel aus Geld, eher das Gegenteil ist der Fall. Ich bin der festen Überzeugung, dass es nicht automatisch glücklich macht, viel Geld zu haben. Aber ich bin auch der festen Überzeugung, dass es nahezu automatisch unglücklich macht, keines zu haben. Und mit keines meine ich tatsächlich genau das: Keines, gar keines. Selbst zehn Euro in der Tasche zu haben, macht einen gewaltigen Unterschied. Davon kann man sich zur Not ein paar Tage lang ernähren, wenn man auf alles, das irgendwie Vergnügen bereitet verzichtet. Aber wenn Sie einmal in Ihrem Leben Ihren Geldbeutel aufgemacht haben, und sich darin höchstens noch ein paar Kupfergroschen getummelt haben und Ihr Konto soweit im Minus steht, dass auch dort absolut nichts mehr zu

holen ist, dann, und erst dann, wissen Sie *wirklich* was es bedeutet nichts zu haben.

Und dieses Gefühl schnürt Ihnen die Kehle zu. Es nimmt Ihnen die Luft zum Atmen. Brecht drückte es in seiner 'Dreigroschenoper' präzise mit dem Satz 'Erst kommt das Fressen, dann kommt die Moral' aus. Allerdings bin ich nicht bereit, daraus einen Vorwurf abzuleiten. Es ist nicht verwerflich. Oder traurig.

Und über Moral lässt sich ohnehin trefflich streiten. Es gibt keinen allgemein akzeptierten Kodex. Jeder folgt seinem eigenen.

Jedem sei das Maximum an persönlicher Freiheit zugestanden, jeder soll tun und lassen können, was er möchte, sofern es nicht in die Freiheit eines anderen eingreife.

Das war meiner. Ich folgte ihm gelegentlich.

3

Ich kaufte mir eine Flasche Wein im Supermarkt und setzte mich damit auf den Balkon. Es war zwar erst früher Nachmittag, aber erstens nahm ich darauf grundsätzlich schon wenig Rücksicht und an diesem Tag im Besonderen nicht.

Ich schenkte mir ein Glas ein, blinzelte in die Sonne und nahm einen großen Schluck. Ich spürte, wie sich ein wohliges Gefühl in mir ausbreitete, wie es wie eine Welle über mich schwappte. Ich schloss eine kleine Box an mein Handy an und drehte die Musik laut auf.

Ich zog mein Shirt aus und lehnte mich zurück.

Ich saß einfach nur da und ignorierte alles um mich herum. Einzig die Sonne ließ ich zu.

„Lived with the best times
Left with the worst
I've danced with you too long
Nothing left to save

Let's take what we can
I know you hold your head up high
We've raced for the last time
A place of no return",

schallte aus dem Lautsprecher. Bowie quälte sich scheinbar durch den Song, zitterndes Timbre. Ich verlor mich in der Musik. Ich glaubte meistens zu verstehen, was er mir sagen wollte mit seinen Zeilen, auch wenn sie oft kryptisch daher kamen. Vielleicht bildete ich es mir auch nur ein.

Ich schnickte eine Fliege von meinem Bein. Vermutlich hatte sie der Geruch meines Schweißes angelockt. Keine Sekunde später landete sie erneut an der selben Stelle. Ich verscheuchte sie erneut und erneut kam sie zurück. Sie verstand nichts. Sie existierte einfach nur vor sich hin und folgte ihren Instinkten. Sie hatte nicht die Wahl zu denken. Ich hatte stattdessen keine Wahl nicht zu denken. Ich grübelte, was schlimmer war. Wer nicht denkt, ist nicht belastet. Mit nichts. Ich glaube nicht, dass es gut tut, sich seiner selbst zu gewahr zu sein. Mir jedenfalls nicht. Man macht zu viele Dinge auf die man nicht stolz ist, umgeben ist man von Menschen, die nicht stolz sein sollten, auf was auch immer sie getan haben. An guten Tagen war es mir egal, ob mein Leben, oder irgendein Leben beschissen war, an den weniger guten war es wie ein Krebsgeschwür, dass sich langsam durch meinen Verstand, durch meine Seele fraß, das aufdeckte, wie es wirklich war, das die eigene Schuld freilegte, das eigene Versagen, das eigene Verrennen in Sackgassen, alle falschen Entscheidungen die mich zu der Person gemacht hatten, die ich nun war. All die Selbstsucht, all die Skrupellosigkeit, all die Niedertracht, die wie Namensschilder an meinem Revers baumelten. Was war noch geblieben von der kindlichen Reinheit, mit der jeder einmal gestartet war. Irgendwann waren wir alle mal gut. Es ist wie ein langsam stärker werdendes Siechtum, eine schleichende Vergiftung. Ich habe auch keine Ahnung, zu welchem Anteil man zu dem gemacht wird, was man ist und welchem Anteil man sich selbst dazu macht.

Sehen Sie, meine Startvoraussetzungen waren ja nicht einmal schlecht. Verflucht gut sogar vermutlich. Als Kind von Eltern der gehobenen Mittelklasse zur Welt gekommen, in einem reichen Land aufgewachsen, Krieg und Elend gab es nur im Fernsehen, halbwegs intelligent, halbwegs gut aussehend und auch sonst noch mit ein paar nützlichen Eigenschaften ausgestattet worden. Ein ziemlich guter Deal, wenn man die Alternativen bedenkt.

Aber Wahrscheinlichkeitserhebungen irgendwelcher bekloppter Sozialwissenschaftler bringen einem eben auch nichts. Statistisch gesehen wäre mir wohl mit einer sehr hohen Wahrscheinlichkeit ein weitestgehend sorgenfreies Leben vorausgesagt worden. Der übliche Scheiß, okay, der gehört dazu, Dinge wie Akne in der Pubertät, die erste gescheiterte Liebe, ein Autounfall, Midlife-Crisis, Krankheit im Alter und so weiter. Das, womit sich eben jeder herumschlagen muss. Ein paar Stolpersteine bekommt jeder vor die Füße geschmissen. Aber mit Mitte zwanzig keinen Grund mehr zu haben, morgens aufzustehen und vor allem keinen zu sehen, der jemals auftauchen könnte, keine gute Fee, die einem den Sternenstaub ins Gesicht bläst und alles wieder gut werden lässt, ist wieder etwas anderes.

Es dauert nicht lange von dem Moment aus, in dem man all das realisiert hat, sich eben all dieser Dinge gewahr ist, bis man es nur noch sediert erträgt. Jeder auf seine Weise.

Ich schenkte mir die letzten Tropfen aus der Flasche ein. Die Sonne stand immer noch ziemlich hoch und funkelte auf meinem Glas.

Als ich eine Weile später zurück in die Wohnung ging und mich im Augenwinkel durch den großen Wandspiegel huschen sah, hielt ich kurz inne, trat einen Schritt zurück und betrachte mich. Meine Wangen waren leicht gerötet, noch kein Sonnenbrand, aber auf dem Weg dahin. Und sonst? Das Abbild der Hülle meiner Selbst. Ein weiterer Gast des Maskenballs.

Es gibt Menschen, die versuchen als etwas gesehen zu werden, das sie nicht sind. Und es gibt Menschen, die nicht als das gesehen werden möchten, was sie glauben zu sein. Mancher schminkt sich, um besser auszusehen und mancher, um seine Narben zu überdecken.

Was sah ich also im Spiegel, eine Flasche Wein intus, den zurückliegenden Tag auf der Brust sitzend? Nichts. Nichts anderes als sonst zumindest. Die gleiche Fassade wie immer und auch dahinter die gleichen Gedanken. Ich fühlte mich nicht erniedrigt, hatte nicht das dringende Bedürfnis gehabt zu duschen, etwas abzuwaschen, dem Wasser nichts anhaben kann. Aus dem Tal kann man nicht herabsteigen. Es war immer noch gleich beschissen wie zuvor, aber in jedem Fall nicht beschissener.

Mein Handy vibrierte. Das Display teilte mir mit, dass es meine beste Freundin war. Ich überlegte, ob ich abnehmen sollte und falls ja, ob ich ihr von all dem erzählen, oder es, wie so vieles für mich behalten sollte.

Ich schloss mein Headset an und wir redeten eine Weile über belangloses Zeug, während sie mit ihrem Hund spazieren ging.

„Soll ich dir von meinem Tag erzählen?", sagte ich in einen Moment der Stille.

„Ähm, ja, mach mal!", antwortete sie und lachte ein wenig. „Wie läuft es mit deinem Kerl? Habt ihr euch mal wieder gesehen?"

„Ein paar Mal. Einmal seit dem Festival. Aber wir wollen die Tage mal wieder etwas zusammen machen. Außerdem ist es nicht mein Kerl. Wir sind ja nichts. Übrigens wollte ich dir was anderes erzählen!"

„Jaja, ist ja gut, also erzähl!"

Ich war mir unsicher, wie ich die Geschichte einleiten sollte, ob ich mit der Tür ins Haus fallen sollte, oder sie ein wenig darauf vorbereiten sollte. Eigentlich wollte ich sie nicht nach so kurzer Zeit schon wieder überrumpeln.

„Übrigens hatte ich heute stattdessen eine Art Date", leitete ich ein.

„Eine Art Date? Wie hat man eine Art Date?", fragte sie.

„Hm, es ist wie als würde man zum Essen eingeladen werden. Nur ohne, dass der mit dem du dich triffst dabei ist."

„Was ist das denn für ein Schwachsinn?"

Ich musste lachen. Ich hatte es bewusst so ausgedrückt, dass sie es eigentlich nicht verstehen konnte. Allerdings ohne wirklich zu wissen, warum. Vermutlich aus Unsicherheit.

„Also gut."

Und dann erzählte ich ihr schlicht, wie ich meinen Nachmittag gestaltet hatte. Sie ließ mich ausreden und erst, als ich mit den Worten „und dann bin ich wieder nach Hause gefahren und habe mich auf den Balkon gesetzt" schloss, reagierte sie.

„Aha." Pause.

„Ich kann noch nicht mal sagen, dass ich geschockt bin. Wenn es mich bei jemand nicht überrascht, dann bei dir," sagte sie.

„Was? Wieso das denn?"

„Na ja. Wenn ich jemand zutraue, das ohne mit der Wimper zu zucken zu machen, dann dir."

„Hm."

„Hättest du nicht jemand um Geld bitten können? Deinen Vater? Mich? Ein bisschen Sorgen mach ich mir schon, dass du da in etwas hineinrutscht, dass du noch nicht ganz abschätzen kannst!"

„Ich hab wirklich schon genug Schulden. Bei Freunden, bei Eltern. Bei dir nicht, das stimmt, aber ich habe Bedenken, dass das eventuell unsere Freundschaft belasten könnte."

„Ach, Quatsch!"

„Sagst du!"

Kurze Stille an beiden Enden der Leitung.

„Wie geht es dir damit? Wie fühlt es sich an?", fragte sie dann.

„Weiß ich noch nicht genau. Eigentlich fühle ich mich besser, als heute morgen, als ich nur noch ein paar Cent in der Tasche hatte. So komisch das klingt. Es war auch nicht halb so eklig, wie ich befürchtet hatte."

„Hoffentlich machst du dir da mal nichts vor!"

„Ich glaube nicht. Denkst du jetzt anders von mir?"

„Nein."

„Gut."

„Und entwürdigend findest du es auch nicht?", fragte sie.

„Nein, das auf keinen Fall. Selbst wenn es das grundsätzlich wäre – ich bin ein schwuler Loser, der komplett pleite ist und nichts auf die Reihe bekommt. Wie soll man mich noch entwürdigen?"

„Ach, red' doch keinen Scheiß! Diese selbstbemittleidende Kacke! Also ehrlich! Mach lieber was dagegen, als dich in deinem angeblichen Elend zu suhlen!"

„Damit brauchst du mich jetzt echt nicht volllabern! Außerdem, ganz unabhängig davon finde ich, seine Seite bedeutend entwürdigender und trauriger, als meine!"

„Wessen Seite?"

„Na die von dem alten Sack!"

„Wieso?"

„Hm, weil ich seine emotionale Not schlimmer finde, als meine finanzielle. Schau doch mal, wie er lebt! Mit Frau und Kind unter einem Dach, alles nur eine beschissene Fassade. Und die Nähe und die Körperlichkeit, die er braucht, bekommt er nur, wenn er dafür bezahlt. Vielleicht sehe ich das irgendwann auch mal anders, aber ich finde Sex für Geld bedauernswerter, als Geld für Sex. Deutlich!"

„Ja, okay. Soweit gebe ich dir sogar recht. Andererseits ist mir völlig egal, was mit dem Typ ist und wie bemitleidenswert er ist. Ich will einfach nur, dass du auf dich aufpasst! Versprichst du mir das?"

„Ich passe auf mich auf, versprochen!" Reflexartige Antwort.

Drei

1

Am nächsten Tag kam er vorbei. Es war bereits Nachmittag. Es regnete in Strömen und er trat komplett durchnässt in meine Wohnung. Ich musste ein wenig schmunzeln, er sah es mir nach.
„Duschen?", fragte ich ihn.
„Bitte!", antwortete er schlicht.
„Zusammen?"
„Gerne!"

2

Warum es dazu nicht mehr zu sagen gibt? Weil damit alles gesagt ist. Weil die unterschwellige Vertrautheit, die zwischen uns mittlerweile bestand durch keinen Satz, durch keine noch so detaillierte Beschreibung deutlicher werden würde. Wir hatten keine Agenda, keine Vereinbarung und doch waren wir einander so nah. Es waren nicht viele Worte nötig, um dies zu demonstrieren, zu zementieren.
Die ersten Wochen, die, bevor ich mit Gustavo ankam, waren wir so etwas wie ein Paar gewesen, ohne es so genannt zu haben und ohne es wirklich so verstanden zu

haben. Ich zumindest nicht. Und zu diesem Zeitpunkt begannen wir es wieder zu werden. Gustavo war weiterhin in Brasilien und auch wenn ich ihn nicht vergaß, so verschwamm er doch immer mehr, wie als wenn die Kamera auf etwas völlig anderes zoomt und das ursprüngliche Bild nur noch anhand ein paar Konturen zu erkennen ist. Aber er war hier, er war auf scharf gestellt und wir verstanden uns besser als je zuvor. Das Festival, das wir gemeinsam besucht hatten und jeder andere belanglose Tag, den wir danach miteinander verbracht hatten – es war als würden wir uns schon ewig kennen.

Auch an dem Tag, an dem wir gemeinsam duschten, lagen wir einfach nebeneinander und redeten über dies und das, und genossen schlicht die Gesellschaft des anderen. Manchmal ist es auch ein Zeichen, wenn man gemeinsam schweigen kann, ohne dass es unangenehm wird. Weil jeder seinen Gedanken nachhängt.

Sein Kopf auf meiner Brust – mehr brauchte ich nicht. Es genügte zu wissen, dass er da war und, dass er er war, ihm dabei mit der Hand durch das Haar zu fahren. Und ja, das klingt verdammt kitschig. Aber manchmal ist das Leben eben kitschig. Und manchmal ist es auch gut kitschig. Und das soll es auch sein! Guter Kitsch ist das Beste, was das Leben zu bieten hat!

Und wenn ich ehrlich war, war er das einzige, das in meinem Leben richtig lief, wenn auch nur, weil er nichts von dem wusste, was in mir vorging, nichts von der

Person wusste, die ich wirklich war. Zumindest wusste er nicht alles. Er hatte kein Problem damit, dass ich mich scheiße fühlte und unzufrieden war mit mir selbst, vielleicht auch, weil er es ebenso ein Stück weit mit sich selbst war. Er wusste also vieles, aber nicht alles. Niemand wusste alles.

Aber er wollte dennoch an meiner Seite sein. Oder zumindest mochte er mich.

Und, fuck, ist das nicht ohnehin das höchste der Gefühle? Jemand kommt aus dem Nichts in dein Leben und beschließt, und sei es nur für eine Weile, an deiner Seite zu bleiben? Scheiße, ist das nicht das größte Kompliment, das man bekommen kann?

Entweder dafür, dass man ein guter Kerl ist, oder dafür, dass man ein guter Schauspieler ist.

3

Der Herbst peitschte bereits die Äste der Ulme, die im Hinterhof stand, gegen das Fenster im Wohnzimmer. Wir hatten zusammen gekocht und gegessen und legten uns anschließend ziemlich überfressen auf die Couch, ohne uns auch nur einen Zentimeter zu viel zu bewegen. Selbst reden schien zu anstrengend. Jeder ging einfach nur seinen Gedanken nach, aber auch deren Beweglichkeit war stark eingeschränkt, zumindest meine.

„Hast du Lust am Samstag mitzugehen?", fragte er mich, nachdem wir eine Weile vor uns hin verdaut hatten.

„Was ist Samstag?", fragte ich zurück.

„Man! Das hab ich dir doch gestern geschrieben! Freunde von mir gehen tanzen. Ich hab dir doch sogar den Link geschickt!"

„Hast du auf keinen Fall!"

Er rollte die Augen. „Schau nach!"

Ich suchte das Wohnzimmer nach meinem Handy ab. Es lag auf dem Esstisch, ein paar Meter von der Couch entfernt.

„So... weit...", stöhnte ich gespielt und streckte meine Hand in Richtung des Tisches um zu unterstreichen, wie weit es entfernt war.

Er sah mich zunächst verärgert an, musste dann aber lachen, schwang sich anschließend von der Couch und brachte mir mein Handy.

„So, los! Um was wetten wir?" Sein Gesicht bestand nur noch aus einem riesigen, siegessicheren Grinsen.

Ich überflog den Chatverlauf, fand die entsprechende Stelle, legte das Handy kommentarlos zur Seite und gähnte. Aus dem Augenwinkel bemerkte ich, dass er den Kopf auf die Seite legte und eine Augenbraue hob.

„Und? Was bekomme ich dafür, dass ich Recht hatte?"

Ich stand auf und ging zur Tür. „Zeig ich dir im Schlafzimmer!", rief ich ihm über meine Schulter hinweg zu.

Er folgte mir und wir schliefen miteinander. Als wir uns verschwitzt von einander lösten und uns eine Zigarette anzündeten, fragte er mich erneut: „Samstag?"

„Ach ja, richtig. Könnte man eigentlich machen."

„Das klingt sehr begeistert."

„Was? Doch! Lass uns das machen! Klingt gut!"

„Wir können die Tage ja nochmal darüber reden, wie wir es genau machen und wo und wann wir uns treffen!"

„Gut."

Es war sicherlich kein Gespräch, dass in die Geschichtsbücher eingehen würde, aber das musste es auch nicht.

Ich holte mir ein Bier aus dem Kühlschrank und legte mich neben ihn. Er sah mich verärgert an. Ich stand erneut auf und holte ihm ebenfalls eines. Draußen regnete es immer noch. Autos rauschten am Fenster vorbei, Menschen, manche hatten ihre Jacken über den Kopf gezogen, huschten von einer Straßenseite auf die andere. Es wirkte noch trostloser, noch hektischer, noch entfremdeter als bei Sonnenschein, als würde der Regen der Kulisse die Schminke abwaschen.

Eine Frau manövrierte zwei prall gefüllte Einkaufstüten in der einen und ein kleines Kind an der anderen Hand zwischen den anderen Passanten hindurch. Ich fragte mich, woher sie die Kraft nahm, nicht jede Sekunde alles stehen und liegen zu lassen, um weinend auf dem Bürgersteig zusammen zu sinken. Wie schaffte sie all das um sie herum auch noch mitzuschultern. Ich konnte noch nicht mal mich selbst schultern.

Ich öffnete die Flaschen mit einem Feuerzeug und gab ihm eine davon. Wir stießen an und tranken einen Schluck. Es schmeckte anders, als wenn ich es alleine trank.

„Willst du hier bleiben, heute?", fragte ich ihn.

„Hm, ich weiß nicht. Ich muss morgen früh raus und du kannst ausschlafen."

„Mich stört das nicht. Ich stehe einfach mit dir auf."

Es folgte wieder dieses Lächeln, welches nur er hatte. Die strahlend weißen Zähne und die Augen, die fast schwarz waren, blitzten für den Bruchteil einer Sekunde auf. Und irgendetwas lösten sie wieder in mir aus. Eine Dopaminsturzflut fegte über meinen Körper hinweg und überschwemmte alle Bedenken, alle Schutzwälle, jedes reflexartige Einigeln, das sonst sofort die Kontrolle über mich übernommen hätte, dass schon im Ansatz verhindert hätte, dass ich ihn überhaupt gefragt hätte, ob er bei mir übernachten möchte.

Eigentlich war es kein außergewöhnlicher Abend gewesen, kein sonderlich romantisches Setting, es war vielmehr alltäglich. Oh, wäre es nur Alltag!

Aber etwas geschah an diesem Abend, oder zumindest begann etwas zu geschehen.

Ja, ein paar Monate vorher hatte ich ihn Gustavo geopfert, einem Polaroid letztlich, und doch ging es um keinen der beiden. Weder er noch Gustavo waren in der Lage, die Geschichte zu beeinflussen. Ich war Zünglein an meiner eigenen Waage und selbst wenn ich irrational und noch nicht mal in meinem Sinne gehandelt hatte, hatte ich gehandelt. Ich hatte den Spielball stets in der

Hand gehalten, auch weil ich ihn nie aus der Hand geben wollte. Weil ich nicht verletzt werden wollte. So wie er. Er, der den Mut gehabt hatte, mir geradeheraus zu sagen, dass er sich in mich verliebt hatte. Er, der Risiko gegangen war. Das Risiko zurückgewiesen zu werden, mit allem, was damit zusammen hängt. Es ist ein Akt, den ich nie wirklich als das respektiert habe, was er ist, so es doch vielleicht der verwundbarste Moment eines Menschen überhaupt ist. Und ich glaube, egal wie oft man diesem Moment im Leben begegnet, er ist jedes verdammte Mal gleich beängstigend.

Und ich habe ihn zurückgewiesen, jemand anderen ihm vorgezogen. Hatte ich großartig nachgedacht damals? Nicht wirklich, nicht über ihn und auch nicht über mich selbst. Ich hatte ihm noch nicht einmal besonders charmant oder schonend geantwortet. Nur die üblichen 'Ich-mag-dich-aber-Phrasen'.

Es war auch das letzte Mal gewesen, dass wir über uns geredet hatten. Es fiel mir in diesem Moment ein, als wir in meinem Bett lagen, so selbstverständlich, Musik lief im Hintergrund, auch wenn ich ihr nicht wirklich lauschte, kleidete sie das Zimmer in ein gemütliches und warmes Gewand.

There was a time
A wind that blew so young
For this could be the biggest sky
And I could have the faintest idea

Ich war zwar nicht der Meinung, dass man auf alles ein Etikett kleben musste, dennoch fragte ich mich, was wir waren.

So etwas wie Freunde? Aber wir schliefen noch miteinander. Gut, ich hatte auch schon mit anderen Freunden von mir geschlafen. Aber das war anders. Es war Sex. Sex ohne jedwede Bedeutung. Vögeln, sich wieder anziehen und fertig. Wahrscheinlich sogar ohne einen einzigen Kuss.

Wir lagen immer noch hier, nackt, mein Arm um seine Schultern. Ich überlegte, ob ich es ansprechen, ob wir darüber reden sollten. Ich entschied mich dagegen. Es fühlte sich gut an, wie es war. Was auch immer *es* war.

Stattdessen leerte ich mein Bier und ging in die Küche, um mir ein neues zu holen.

„Was machen wir noch heute?", fragte er mich, als ich mich wieder neben ihn gelegt hatte. Mit einer Hand streichelte er mir über den Bauch. „War auch schon mal besser!", stellte er grinsend fest.

„Bitte?", fragte ich entrüstet. Ich war mir nicht sicher, ob er es ernst meinte, oder nicht. Ich sah an mir herab. Ich hatte keinen Sixpack mehr, wie ich ihn mit achtzehn einmal hatte, aber es war immer noch ziemlich okay. Noch nicht einmal die mehr oder weniger liebevoll als Bäuchlein bezeichneten Polster hatte ich.

Ich sah ihn fragend an, er hielt sein Pokerface dagegen. Ein paar Sekunden belauerten wir uns, dann lehnte er sich mir entgegen und küsste mich.

„Alles gut, Specki!", sagte er. Und alles *war* gut.

Wir schauten noch ein Film und schliefen beide dabei ein.

4

Ich raffte meine Jacke enger um mich. Eigentlich war es nicht kalt genug, um das Tragen eines Schals zu rechtfertigen, dennoch wünschte ich in dem Moment, in dem ich die Wohnung verließ, dass ich einen angezogen hätte. Der Wind schnitt durch meine Kleidung wie ein Messer durch Papier. Es war bereits spät, nach Mitternacht, der Himmel sternenklar, auch wenn man sie kaum erkennen konnte, weil die Stadt zu hell, zu grell war. Autos rauschten an mir vorbei, alle auf dem Weg irgendwohin. Man konnte nicht sehen, wer hinter den Steuern saß. Zwei Jugendliche kamen mir entgegen. Einer hielt eine Flasche Wodka in der Hand. Sie unterhielten sich in einer Sprache, die ich nicht verstand. Als ich an ihnen vorbei gegangen war, drang mir der Geruch von Marihuana in die Nase. Unverkennbar. So viel lag noch vor ihnen. So vieles, das sie an die Wand fahren konnten. Nicht weil sie tranken oder kifften. Einfach so. Ich würde nicht mehr Teenager sein wollen. Für kein Geld der Welt. Ich war dankbar für alles, was mir widerfahren war. Je älter man ist, desto weniger bleibt einem, was man noch verkacken kann.

Alles, was hinter einem lag, konnte schon nicht mehr vor einem liegen.

Ich ging strammen Schrittes zur S-Bahn Haltestelle, nicht weil ich es eilig hatte, sondern weil ich fror. Noch war ich alleine. Seine Freunde und er würden während der Fahrt einsteigen.

Ich war ein wenig nervös. Die Freunde kennen lernen ist wie Eltern kennen lernen – nur schlimmer.

Mögen einen die Eltern nicht, ist das selbstverständlich nicht gut, betrifft aber den Alltag junger Leute nicht unmittelbar. Mögen einen die Freunde nicht, kommt es einem Todesurteil gleich. Rien ne va plus!

Ich stand alleine an der Haltestelle und wartete auf die Bahn. Eine Anzeige verriet mir, dass ich noch ein paar Minuten zu warten hatte. Ich kramte mein Handy hervor. Keine Nachrichten. Ich schrieb ihm, dass ich gleich einsteigen würde. Und, dass ich mich auf ihn freute. Ich zögerte kurz, bevor ich die Nachricht abschickte. 'Ich freue mich auf dich' ist so ein Satz, dessen Subtext mehr ausdrückt. Und zwar vor allem eines: Wir sind nicht lediglich Freunde. So etwas schreibt man seinem Kumpel schlicht nicht.

Die Bahn kam und ich stieg ein. Trotz der späten Uhrzeit waren fast alle Sitze belegt. Größtenteils junge Leute, die ebenso wie ich tanzen gehen wollten. Und eine Oma in einem grauen Kostüm. Sie wirkte wie eine Wachsfigur. Regungs- und teilnahmslos saß sie da. Ich fand es amüsant. Es war eine Art 'finde-den-Fehler'-Bild.

Ich lehnte mich an eine Stange und blickte auf mein Handy. Keine Nachricht. Jetzt war ich auch ein Smartphone-Zombie. Es war mir egal.

Stoisch gondelte die Bahn die Gleise entlang, auf denen sie gefangen war. Sie konnte nicht ausbrechen, sich nicht dazu entschließen, eine andere Richtung einzuschlagen. Sie fuhr einfach auf das zu, was kommen würde.

Mein Handy vibrierte. Eine Nachricht. „Okay, bis gleich. Ich mich auch", stand da. Ich war erleichtert. Es war als hätte ich eine Leuchtrakete und eine Nebelkerze gleichzeitig abgeschossen und ihm war es gelungen, das Zeichen zu erkennen.

Weitere zehn Minuten rumpelte die Bahn vor sich hin, bis ich endlich die Haltestelle erreichte, bei der er zusteigen würde. Ich schielte aus dem Fenster und versuchte ihn auszumachen.

Die Station war erleuchtet und als wir endgültig zum stehen gekommen waren, sah ich ihn. Neben ihm zwei Mädels. Schwarze Mäntel. Schwarze Hosen.

Die Türen öffneten sich, ich winkte in seine Richtung. Alle drei lachten, als sie einstiegen. Ich hoffte nicht über mich, sondern über etwas, über das sie zuvor gesprochen hatten, was wesentlich wahrscheinlicher war. Aber ich war unsicher. Etwas, das ich nicht an mir mochte. Ich wollte einen guten Eindruck machen. Als ich die Haustür hinter mir zugezogen hatte, kurz nachdem ich einen letzten prüfenden Blick in den Spiegel geworfen hatte, war ich selbstsicher gewesen, hatte mich gutaussehend gefunden, alles war gut. Und in dem

Moment, in dem er mich seinen Freundinnen vorstellte und ich ihre Hände schüttelte, kam ich mir vor als wäre ich wieder fünfzehn und spräche das erste Mal ein Mädchen an, ohne nur die geringste Ahnung zu haben, wie man das eigentlich anstellte.

Nachdem er mir ihre Namen genannt hatte und ihnen meinen, stellte er sich kurz neben mich und schaute mich an, ein bisschen von unten. Dann trat er einen Schritt auf mich zu und lehnte sich an die Stange neben mir, seine Begleiterinnen uns gegenüber. Keiner hatte ein weiteres Wort gesagt und beide schauten auf ihr Handy. Erst konnte ich seinen Gesichtsausdruck nicht deuten, dann deutete sich ein breiter werdendes Lächeln auf seinem Gesicht an.

„Na, komm, stell dich nicht so an!", sagte er, zog mich an meinem Mantel zu ihm und gab mir einen Kuss. Es war kein flüchtiger. Nichts aufdringliches, aber es war Lippe auf Lippe für ein paar Sekunden. Innig genug, um es mehr als eine Formalität sein zu lassen und anständig genug, dass es in der S-Bahn nicht unangebracht wirkte. Aus meiner Sicht zumindest nicht. Was ein unfreiwilliger Rezipient davon hielt, konnte ich ja nicht beeinflussen.

„Och. Ein bisschen goldig seid ihr ja schon. Sweet!", sagte eine der beiden, nachdem er sich von mir gelöst hatte und nach meiner Hand griff. Lachen. Ich spürte wie Anspannung von mir abfiel.

Der erste Eindruck war scheinbar ganz in Ordnung gewesen.

Der zweite war es auch ebenso. Der dritte auch. Einen vierten sollte es nicht geben.

5

Eine gute Viertelstunde später stiegen wir aus und gingen noch ein paar Minuten zu Fuß, bis wir den Club erreichten. Alle rauchten. Eine weitere halbe Stunde standen wir an, bis wir endlich an der Kasse angekommen waren und die Kälte hinter uns lassen konnten. Wärme empfing uns, fast schon Hitze. Bass empfing uns. Junge Menschen schoben sich aneinander vorbei. Auf die Toilette, auf die Tanzfläche, zur Bar. Wir schälten uns aus unseren Jacken und gaben sie an der Garderobe ab. Wieder ein Euro weniger. Ich wusste, warum ich mir diesen Abend leisten konnte, warum ich mir für ein paar Stunden einreden durfte, dass ich Teil von allem um mich herum, von allen anderen Leuten, die in dieser Nacht hier waren, war, dass das Leben gut sein konnte.

Er sah gut aus an diesem Abend. Er sah immer gut aus, aber so wie das wechselnde Licht in dem sonst dunklen Club ihn immer wieder unterschiedlich ausleuchtete, wirkte er perfekt.

Ich bestellte uns jeweils einen Gin-Tonic und drückte ihn ihm in die Hand. Wir stießen an und steuerten auf die Tanzfläche zu. Der Laden war voll, aber nicht auf eine unangenehme Art und Weise. Nicht so, dass man sich ständig auf die Füße trat. Die Musik gefiel mir. Wenig abwechslungsreich, aber gut.

Der DJ sah aus, als hätte man ihn mühsam kurz vor seinem Auftritt aus der Bahnhofsmission herausgezogen, aber vielleicht war das ja auch seine Masche. Es war ja auch egal, wie er aussah. Es ging um die Musik, nicht um den, der sie auflegte. Und natürlich ging es auch um Alkohol. Um Rauchen. Um Exzess. Um Verdrängen. Um Entfliehen. Um Drogen.

Hunderte Leute, die durcheinander tanzten und doch tanzte jeder für sich selbst. Und wahrscheinlich gab es keine handvoll, die nicht entweder besoffen, bekifft oder auf ganz anderen Substanzen war. MDMA, Speed, was weiß ich. Jedem der Katalysator, den er benötigt.

Ich glaube es ist das Charakteristikum unserer Generation. Die überforderte Generation. Zu viele Möglichkeiten, zu viel von allem. Und es ist die Generation der Flucht und des Rückzugs, des Eskapismus. Der Flucht vor Verantwortung, vor dem Alltag, vielleicht sogar vor der eigenen Zukunft und der Rückzug aus allem was die Welt im inneren zusammenhält. Es ist eine Apathie, ein sich tot stellen. Man weiß zu viel. Man erfährt zu viel, zu schnell. Und was war ein Abend, eine Nacht im Club anderes, als ein temporäres sich Ausklinken aus allem, aus dem eigenen Leben und all der Scheiße, mit der man sich nüchtern an einem normalen Mittwoch beschäftigen muss?

Warum glauben Sie, dass sich so viele, insbesondere, junge Menschen jedes Wochenende abschießen?

Wahrscheinlich weil es sonst nicht zu ertragen wäre. Kein Montag, kein Dienstag und so weiter. Weil es fünf Tage gilt etwas auszuhalten. Und zwei, es zu versuchen zu vergessen.

Let's dance for fear
your grace should fall
Let's dance for fear tonight is all

Beide Freundinnen waren mir sympathisch und wir verstanden uns auf Anhieb gut. An die Tanzfläche schloss ein großer Balkon, auf dem Rauchen erlaubt war. Gleichzeitig war es auch der einzige Ort, an dem man sich unterhalten konnte. Wir wechselten zwischen drinnen und draußen hin und her. Wir tranken, tanzten, rauchten, quatschten. Niemand dachte auch nur eine Sekunde lang nach. Es war großartig!
Er traute sich ab und zu mich zu küssen. Und ich traute mich ihn zu küssen. Es war das erste Mal nach Gustavo. Und da war es etwas anderes gewesen. Es war irgendwo am Arsch der Welt gewesen, wo mich niemand kannte. Aber ich spürte, dass es mir nichts ausmachte mit ihm. Ganz im Gegenteil.
Irgendwann sah ich auf meine Uhr und war überrascht, wie spät es bereits war. Oder wie früh.
Ich war nicht wirklich müde, aber ich spürte meine Beine, spürte die Wirkung des Alkohols, das flirrende Sausen und Rauschen, das er in meinem Kopf erzeugte.

Ich ging auf die Toilette. Sie war so versifft, wie ich sie in Erinnerung hatte. Aufkleber an der Wand, genauso wie allerlei Schmierereien. Es war mir egal. Es war ja kein Krankenhaus, sondern ein Club, es gehörte dazu. Ich musterte kurz die anderen Männer, die neben mir standen. Nichts beeindruckendes. In jedwedem Bezug.

Ich wusch mir die Hände, als ich fertig war und steuerte wieder Richtung Tanzfläche. Ein Mädchen lächelte mich an und zwinkerte mir zu, als ich mich an ihm vorbei schob. Sie war hübsch. Ich zwinkerte zurück. Auf halbem Weg beschloss ich, zuerst die Bar aufzusuchen und mir noch ein Bier zu holen. Gin Tonic hatte ich genug gehabt. Ich wollte mich nicht besinnungslos trinken. Bier konnte ich immer trinken, ohne, dass es einen großen Effekt auf mich hatte.

Ein paar Leute standen vor mir, also wartete ich und kramte währenddessen in meinem Geldbeutel nach Münzen.

„Ich bin Moni!", hörte ich plötzlich direkt an meinem rechten Ohr und gleichzeitig spürte ich eine Hand an meiner Hüfte. Ich drehte mich um und direkt neben mir stand das Mädchen, das mir gerade zugezwinkert hatte.

Ich sagte ihr meinen Namen und schüttelte ihre Hand. Ich fand die Situation amüsant, also ließ ich sie sich entwickeln.

„Bist du öfter hier?", fragte sie. Sie musste beinahe schreien und sich gleichzeitig zu mir lehnen, sonst hätte ich kein Wort verstanden. Der Bass schob sich weiterhin rücksichtslos durch alles.

„Hm, was ist schon oft? Alle paar Wochen. Du?" Die Antwort interessierte mich nicht im geringsten. Nicht, weil ich kein Interesse an ihr hatte, was ich natürlich nicht hatte, aber weil es sinnfreier Smalltalk war. Es war mir ja egal, wie oft Erika Mustermann hier war.

Sie antwortete. Außerdem: „Bist du alleine hier, oder mit Freunden?"

„Mit Freunden. Du?" So ging das noch ein paar Fragen hin und her. Sie war wie gesagt ganz süß, sie hätte mich aber auch fragen können, ob die Sonne morgens oder abends aufgeht. Es hätte keinen Unterschied gemacht.

Ich bestellte mein Getränk und sie ihres. Vodka-Energy. Passte zu ihr, dachte ich mir, was kein Kompliment war.

Ich warf einen Blick auf mein Handy. Nicht weil es mich interessierte, vielmehr aus Gewohnheit und um mich dem Gespräch zu entziehen.

„Nur Bier?", fragte sie mich dennoch. Sie schien immun gegen subtiles Demonstrieren von Desinteresse.

„Hatte genug Gin heute Abend", antwortete ich.

„Du siehst gut aus!", sagte sie plötzlich.

Ich fand es merkwürdig. Einfach so, ohne Vorankündigung. Und ja, die Geschlechterklischees spielten tatsächlich auch eine Rolle. Ich mochte selbstbewusste Frauen. Aber sie flirtete sehr offensiv, was ich nicht gewohnt war.

„Dankeschön. Du auch." Tat sie tatsächlich. Sie wusste ja nicht, wie egal das war.

„Also, da du das scheinbar zum ersten Mal machst, frag ich dich einfach, ob du eine Telefonnummer hast", sagte sie.

„Ähm...", antwortete ich zunächst. Weiter kam ich nicht. Er stand plötzlich neben mir, legte seine Arm um meine Hüfte, gab mir einen Kuss auf die Wange und stellte sein leeres Glas auf der Theke ab.

„Alles gut?", fragte er.

Ich musterte sie. Sie sah mich verwirrt an. Ich küsste ihn ebenfalls auf die Wange.

„Alles bestens!", antwortete ich.

Dann sah ich wieder zu ihr.

„Selbstverständlich habe ich eine Telefonnummer", sagte ich.

„Boah! Dein Ernst? Bye, Schwuchtel!" Es war ihr letzter Satz zu mir. Interessant.

6

Wir sahen einander an und mussten lachen. Sie war erst wenige Sekunden in der Menge verschwunden. War es fair gewesen, sie nicht von Vorneherein darauf hinzuweisen, dass ihre Annäherungsversuche zu nichts führen würden? Wahrscheinlich nicht. Ihre Reaktion empfand ich dennoch als mäßig geschmackvoll. Selbst wenn mich ihr Körper nicht interessierte, fand ich ihren Geist noch ein ganzes Stück weniger ansprechend.

Eine gute Stunde später hatten wir genug. Die Sonne kitzelte bereits den Horizont und das letzte Bier trank ich nur noch, weil ich es bezahlt hatte, nicht, weil es mir schmeckte.

Wir stolperten nicht aus dem Club, aber gerade gingen wir auch nicht mehr. Ich hatte eigentlich einen guten Pegel. Ich fühlte mich weniger betrunken, als ich es war. Mir war nicht schlecht, ich lallte nicht, zumindest nicht, dass es mir auffiel und ich war guter Dinge. Ich glaube ohnehin, dass die Stimmung, in der man trinkt, die Wirkung des Alkohols beeinflusst. Je besser man drauf ist, desto weniger läuft man Gefahr, dass er einem die Füße wegzieht.

Von seinen Freundinnen hatten wir uns verabschiedet, sie wollten noch bleiben. Wir hatten uns umarmt. Ein gutes Zeichen.

„Den schnellsten, oder den schönsten Weg?", fragte er mich, Wir wollten bei ihm schlafen, da er unweit entfernt wohnte.

„Definitiv den schönsten!", entgegnete ich.

„Okay." Er nahm mich bei der Hand und wir schlenderten in die Richtung, die er vorgab. Wir bogen mal links, mal rechts ab und irgendwann kamen wir am Flussufer an. Die Sonne spiegelte sich bereits auf dem Wasser. Je nach Blickwinkel funkelte sie einem entgegen, oder nicht. Mindestens zwei Dutzend Schwäne befanden sich am Ufer, oder im Wasser. Als belagerten sie die Stelle, wie eine kleine Armee. Ich wollte sie ärgern, er hielt mich zurück.

„Lass sie doch!" Er deutete auf eine Bank, die nur ein paar Meter entfernt war. „Komm, wir machen eine Pause, rauchen eine und gehen dann weiter!" Die misstrauischen Blicke der Schwäne folgten uns. Wann immer wir ihnen näher kamen, wichen sie genau um die gleiche Strecke zurück. Fast auf den Zentimeter genau.

Wir setzten uns, blickten auf den Fluss und den Sonnenaufgang, beziehungsweise beides. Es war weder warm noch kalt, klassischer Herbst. Dafür kaum Wind. Die Blätter der meisten Bäume, die das Ufer säumten, waren bereits bunt.

Spatzen hüpften ohne die geringste Scheu um uns herum, vermutlich auf der Suche nach ein paar Krümeln.

„Glaubst du, sie mögen Snickers?", fragte er mich.

„Was? Wer?"

„Die Vögel!" Dann kramte er einen etwas zerquetschten Schokoriegel aus seiner Jackentasche.

Ich sah auf den Riegel. Dann auf ihn. Dann auf die Spatzen. Und dann konnte ich mich nicht mehr zusammenreißen und lachte lauthals los. Die Art von Lachen, das sich der eigenen Kontrolle entzog. Ich konnte nicht aufhören. Er sah mich verunsichert an.

„Was denn?", fragte er mich, während mir eine Träne aus dem Augenwinkel rollte.

„Natürlich nicht!" Ich brachte die Worte kaum heraus. „Spatzen ernähren sich nur von feinsten argentinischen Rindersteaks", schob ich nach. „Kein Snickers!"

„Depp!" Er boxte mich in die Seite, stimmte dann aber auch in mein Gelächter mit ein.

„Ich glaube ich muss mir nochmal überlegen, ob ich dich bei mir schlafen lasse!", ergänzte er, als wir beide uns, ein wenig nach Atem ringend, wieder beruhigt hatten.

Ich gab ihm einen langen Kuss auf den Mund.

„Na gut!", sagte er und schmunzelte. Immer dieses Schmunzeln. Ich spürte, wie es heißer wurde in meiner Brust. Es ist eine seltsame Reaktion, die sich der menschliche Körper da ausgedacht hatte, aber sie war nun einmal so.

Wir zündeten uns jeweils eine Zigarette an. Ich blies den Rauch in die Sonne. Er kräuselte sich, bevor er verflog.

Er legte eine Hand in meine. Wieder schoss mir der Gedanke in den Kopf, was wir eigentlich waren. Wie lange kannten wir uns? Noch kein Jahr, aber fast. Abgesehen von der Sendepause, nachdem Gustavo dazwischen gefunkt hatte, sahen wir uns regelmäßig. Und nein, Gustavo hatte nicht wirklich dazwischen gefunkt. Das klingt, als hätte ich nichts damit zu tun gehabt. Das Gegenteil war der Fall gewesen, ich hatte ihn vielmehr wie ein Schild vor mich gehalten.

Aber seitdem wir uns wieder getroffen hatten, nachdem Brasilien so rasch und erwartbar abgeflaut war, lief es eigentlich besser als zuvor. Unverkrampft. Locker. Und doch war ich mir sicher, dass dies endlich war. Bloß weil wir nicht über uns redeten, hieß es nicht, dass es immer gleich bleiben würde.

Manchmal ist es ja so, dass der Alkohol auch die Diplomatie verdünnt. Dinge die man immer schon gedacht und gefühlt hat, scheinen nicht mehr so unaussprechlich. Als würde man einen Filter wegsaufen. Vielleicht fehlt einem sonst auch einfach nur der Mut.

Er hatte mich nüchtern gefragt damals.

Eine Ente planschte zwischen den Schwänen. Es schien sie nicht zu stören, dass sie allein war. Sie wurde zwar kritisch gemustert, aber in Ruhe gelassen.

Eine junge Frau fuhr auf einem Fahrrad an uns vorbei. Man erkannte auf den ersten Blick, dass sie schon und nicht noch wach war. Sie streifte uns mit ihrem Blick. Seine Hand war immer noch in meiner. Ich bemerkte, dass sie es registrierte. Ich konnte es ihr nicht übelnehmen, aber es nervte mich trotzdem. Als hätte man zwei Köpfe, oder so. Man ist nicht einfach ein Nobody, der neben einem anderen Nobody auf einer Bank sitzt. Hätte ich ein Fahrradschloss mit einer Kneifzange aufgebrochen, statt seine Hand zu halten, hätte sie mir wahrscheinlich den gleichen Blick zugeworfen und wäre ebenso weiter geradelt.

Sie verschwand in der Entfernung, wir waren wieder allein. Ich fühlte mich wieder wohler, so beschissen das auch war.

Ich sah auf die Uhr, während ich den Zigaretten-stummel auf den Weg schnippte. Ich überlegte, ob es sich überhaupt lohnte noch zu schlafen und ob es nicht besser wäre, durchzumachen. Ich fühlte mich nicht müde. Immer noch nicht.

Er fuhr sich mit der freien Hand durch die Haare, kniff die Augen zusammen, weil ihn die Sonne blendete und legte dann seinen Kopf auf meine Schulter. Er war scheinbar müde.

Ich musste ihn fragen. Ich konnte es schlicht nicht mehr zurückhalten.

„Was ist das eigentlich?"

„Was meinst du?" Seinen Kopf ließ er an Ort und Stelle.
„Das hier. Wir. Du und ich."
Er schwieg. Er überlegte scheinbar, was er antworten sollte. Die wenigen Sekunden kamen mir wie eine Unendlichkeit vor.
„Ich weiß es nicht. Sag du's mir!"
„Ich weiß es auch nicht." Was ich ebenfalls nicht wusste, war, was ich als nächstes sagen sollte, was vor allem daran lag, dass ich nicht wusste, was ich denken sollte. Auf einer Ebene war mir klar, dass es diesmal ich war, der sich in ihn verliebt hatte. Vor allem drang es dieses Mal auch in mich vor. Die Schutzmechanismen waren immer noch da. Ich hatte weiterhin Angst vor Verpflichtungen, davor, mir unfrei vorzukommen, und davor dass mir jemand so nahe kommen könnte, dass er mein wahres Ich erkannte. Vor allem das.
„Wir sehen uns ja nicht zufällig so oft", sagte ich schließlich.
„Natürlich nicht. Worauf willst du hinaus?" Er löste den Kopf von meiner Schulter, klemmte sein eines Bein unter das andere und sah mich an.
„Erwartest du jetzt von mir, dass ich nochmal einen Schritt auf dich zu mache?", fragte er mich.
„Nein. Ich hab' nachgedacht: Wir verstehen uns super, finden einander attraktiv, deine Freunde finden mich scheinbar auch in Ordnung-" Ich unterbrach, in der Hoffnung er würde etwas dazu sagen, was es mir leichter machen würde. Er tat es nicht. Der Alkohol machte es zwar einfacher zu reden, aber es fiel mir trotzdem noch verdammt schwer. Ich zündete mir eine weitere

Zigarette an, auch wenn die letzte erst ein paar Minuten zurücklag.

„Ich weiß, dass es scheiße gelaufen ist damals. Am Anfang."

„Nein, es ist nicht scheiße gelaufen. Du warst scheiße! Das ist ein kleiner Unterschied. Ich hab dich nicht zwingen können, dass du die gleichen Gefühle entwickelst wie ich. Aber sich ohne es mir zu erzählen mit irgend so einem Typ aus Brasilien, oder sonst woher zu treffen und mich wegen jemandem abzuschießen, den du fünf Minuten kennst, das war wirklich scheiße von dir! Und ich habe lange mit mir gehadert, ob ich dich überhaupt noch mal treffen soll. Ich bereue es nicht. Wir haben eine verdammt schöne Zeit gerade, nicht, dass du mich falsch verstehst." Und wieder war er derjenige, der sich zuerst aus der Deckung traute, der zuerst ehrlich war.

„Du hast ja Recht. Das war sicher nicht besonders clever von mir." Ich legte meine Hand auf sein Bein.

„Vielleicht ging es mir alles auch ein bisschen zu schnell am Anfang. Jetzt sind wir ein paar Monate weiter. Und ich genieße die Zeit mit dir gerade sehr. Ich weiß nicht, wann ich das letzte Mal so happy gewesen bin. Wir denken gleich, wir gehen uns nicht auf den Geist, wir haben großartigen, verdammt großartigen Sex sogar, und für mich vielleicht das allerwichtigste, ich mag es neben dir aufzuwachen!"

„Du magst es neben mir aufzuwachen? Das ist das Wichtigste? Wirklich?" Er schien wenig überzeugt.

„Ja. Allein, dass ich mich freue wenn du bei mir schläfst, oder heute ich bei dir, allein das ist etwas, dass ich schon ewig nicht mehr hatte. Dass ich neben dir einschlafen kann, ohne stundenlang wach zu liegen. Es geht ja auch nicht wirklich darum. Sondern, es ist einfach nur ein Zeichen für mich, dass ich mich mit dir wohl fühle, dass ich mich traue, dir näher zu sein, als jedem anderen, seit was weiß ich wie lange." Ich hielt inne. Er sah mich an.

„Das ist schön. Ich fühle mich auch wohl mit dir. Mehr sogar. An meinen Gefühlen dir gegenüber hat sich auch nichts geändert."

„Das klingt nach einem Aber."

„Nein, nicht wirklich." Dann kam es doch: „Aber hör' mal: Du musst dir erst mal wirklich klar sein, was du willst. Oder ob du gerade aus einer Bierlaune heraus etwas erzählst, was du in ein paar Tagen doch nicht mehr so meinst. Ich habe echt keine Lust drauf, dass sich das letzte Mal wiederholt. Wer garantiert mir denn, dass du den nächsten, dem du begegnest, nicht wieder mir vorziehst? Ich glaube, du verstehst nicht, wie verletzend das war. Wenn ich nicht so inkonsequent mir selbst gegenüber wäre, hätten wir uns überhaupt nicht wiedergesehen."

„Aber haben wir ja. Und wir sind doch ohnehin mehr oder weniger zusammen, zumindest verhalten wir uns so, auch wenn wir es nie benannt haben."

„Das finde ich nicht. Es gibt doch auch einen Grund, warum wir bisher nicht darüber geredet haben. Ich glaube, weil wir beide nicht wirklich wissen, was wir wollen. Oder zumindest du nicht. Ich weiß an sich, was ich will, aber ich weiß nicht, ob ich es wollen soll!"

„Hm."

„Ich weiß auch nicht, ob wir das genau jetzt bereden sollten. Ich bin betrunken, bekifft und vor allem müde. Lass uns zu mir gehen und schlafen. Dann sehen wir weiter, okay?"

„Okay. Von mir aus."

Er stand auf und streckte mir auffordernd seine Hand entgegen. Ich nahm sie. Wir schlenderten den Fluss entlang. Der Wind blies kleine Wolkenfetzen über uns hinweg.

Wir schwiegen.

Eine Viertelstunde später kamen wir bei ihm an. Die Spannung die zunächst in der Luft gelegen hatte, begann sich langsam zu lösen. So kam es mir jedenfalls vor.

Wir putzten die Zähne, zogen uns aus und legten uns ins Bett. Er rückte näher an mich heran und legte seinen Arm über meine Brust, wie als Zeichen, dass alles in Ordnung war. Ich fuhr ihm durch die Haare. Schon nach wenigen Augenblicken spürte ich ihn.

„Wirklich?", fragte ich ihn. Er kicherte.

„Nein! Ich kann nichts dafür. Lass uns schlafen!" Ein Kuss auf die Wange, ein paar Momente, dann legte sich der Schlaf über uns.

Zwei

1

Ich hatte einen unangenehmen Geschmack im Mund, als ich erwachte. Er schlief noch. Er lag abgewendet von mir auf der Seite und hatte den größten Teil der Decke an sich geklammert. Mir war kalt und ich hatte Durst.

Ich fummelte immer noch halb blind nach der Flasche Wasser, die ich neben dem Bett vermutete. Ich fand sie nicht. Ich rollte mich zur Seite und stellte fest, dass gar keine Flasche da stand.

Ich überlegte, ob ich ihn wecken sollte. Ich warf einen Blick auf mein Handy, es war bereits früher Nachmittag. Spät genug, dass es nicht mehr unangebracht war.

Ich legte sanft einen Arm über ihn und küsste ihn auf die Wange. Unzufriedenes Seufzen. Ich zupfte an seinem kurzen Bart. Er schlug meine Hand weg.

„Oh Man!", sagte er verschlafen. „Lass mich!"

„Genug geschlafen!", antwortete ich.

Ein paar Minuten später schliefen wir miteinander. Zärtlich, intensiv, ehrlich. Seine Hände krallten sich in meinen Rücken. So wie es eigentlich immer gewesen war. Nie dieses mechanische auf und ab. Nie stumpf, nie hohl.

Danach ging er duschen. Ich wollte noch ein bisschen liegen bleiben, im Tag ankommen. Ich spürte den

Alkohol vom Vortag. Ich hatte nicht wirklich einen Kater, aber weit davon entfernt war ich auch nicht. Der Kopf war immer noch ein wenig vernebelt. Ich hätte direkt wieder einschlafen können nach dem Sex. Zwar hatte ich alles richtig gemacht, aber eher im Autopilot-Modus. Jetzt hätte ich wieder zusammensacken können. Ich rieb mir die Augen, dann massierte ich mir die Schläfen. Es stellte sich trotzdem kein angenehmes Gefühl ein, auch wenn ich zumindest nicht mehr diesen Schleier vor den Augen hatte.

Ich versuchte den gestrigen Abend zu rekonstruieren. Die Zeit im Club, der Heimweg, unser Gespräch. Feiern zu gehen ist immer ein bisschen, als würde man einen Kredit aufnehmen. Einen Gute-Laune-Kredit. Man bezahlte am Tag danach dafür.

Ich erinnerte mich daran, dass unser Gespräch ein gutes Gefühl in mir ausgelöst hatte, auch wenn er mich kritisiert hatte. Er tat es aus dem Wunsch, aus der Hoffnung heraus, dass dieses Mal alles besser werden würde. Es hatte sich wohlig angefühlt, als hätte man einen Eimer Glück über mir ausgeleert.

Das war gestern.

In diesem Moment, in seinem Bett, das sonore Rauschen der Dusche im Hintergrund war nicht mehr viel davon übrig geblieben. Ich fühlte mich leer und ich wünschte mich in mein eigenes Bett, um alleine den mehr oder weniger verkaterten Tag zu überstehen. Das lag auch gar nicht an ihm. Ich war nicht da, wo ich gerne gewesen wäre und das löste Unwohlsein in mir aus. Ich würde den restlichen Tag keine gute

Gesellschaft abgeben, leicht reizbar und unleidig sein. Ich wusste einerseits, dass dies am Alkohol lag. Es ging mir öfter so, dass ich mich am Tag danach so fühlte, dass mir jede Gesellschaft zu viel war, alles was über alleine im Bett liegen hinausging, zu viel war, aber das Wissen über den Ursprung des Gefühls, machte es dennoch nicht leichter, es zu kontrollieren.

Die Tür zum Bad öffnete sich einen Spalt. Dampf quoll hervor, wenige Sekunden später gefolgt von ihm. Ich musterte ihn. Seine pechschwarzen, nassen Haare, von denen sich vereinzelt ein Tropfen löste und auf dem Boden zerplatzte. Seine schlanke Silhouette, das Dreieck in seinem Ohrläppchen, der Revolver, den er auf dem Oberarm eingraviert hatte. Seine Beine, seine Füße. Er wirkte makellos auf mich.

Ich fragte mich, wie er das Gespräch von gestern einordnete? Was hatte ich ihm signalisiert? Welche Schlüsse zog er daraus? Mein Magen zog sich zusammen und ich fühlte mich unwohl. Es lag nicht an der Sauferei des Vorabends, sondern daran, dass ich ein schlechtes Gewissen bekam. Ich konnte noch nicht einmal sagen, warum, aber es war da. Ich hatte ja eigentlich nichts versprochen.
Umso schlimmer eigentlich.

„Ich mach Kaffee, du gehst duschen, Deal?", fragte er mich und riss mich damit endgültig aus meinen Gedanken. Ich blinzelte noch mal und sah ihn an. Er lächelte. Die braunen Augen, die fast schwarz waren, ein wenig zusammengekniffen. Ich nickte und hievte mich aus dem Bett, gab ihm einen Kuss auf die Stirn und verschwand im Bad. Duschen, Kaffee, nachhause gehen! So war der Plan.

Ich drehte das Wasser auf und ließ es auf mich herab prasseln, strich mir die Haare aus dem Gesicht und genoss, wie all das mich langsam tatsächlich aufwachen ließ, als wüsche das Wasser die Müdigkeit und die Schulden vom Vortag einfach ab.

Nach einer Weile hatte ich genug, trocknete mich ab und band mir das Handtuch um die Hüfte.

Er drückte mir ein Tasse Kaffee in die Hand, kaum dass ich aus dem Bad getreten war. Er schmeckte fürchterlich. Vermutlich so eine Instant-Brühe. Aber besser als nichts.

„Was machen wir mit dem Tag?", fragte er mich und gab Milch und Zucker in seinen Kaffee.

Ich sah ihn kurz an und dann in eine andere Richtung. „Hm", sagte ich, um Zeit zu gewinnen. Ich wollte nichts mit ihm machen. Ich wollte in mein Zimmer und mir die Decke über den Kopf ziehen. Ich wollte meine Ruhe. Nochmal, nicht dass ich ihn im speziellen nicht um mich haben wollte, ich wollte niemand um mich haben.

Wieder musste ich an unser Gespräch denken und wieder begann ein schlechtes Gewissen meine Brust zusammenzudrücken, mir die Luft zum Atmen nehmen. Was sollte ich sagen? Da war es: Das Gefühl, ihm etwas schuldig zu sein, dazu verpflichtet zu sein, Zeit mit ihm zu verbringen. Die Wände kamen auf mich zu und ich spürte die Enge. All diese Gefühle, die so weit entfernt gewesen waren, bevor wir am Morgen die Augen geschlossen hatten, kamen nun umso heftiger und geballter auf mich herab.

Ich nahm einen Schluck von meinem Kaffee.

„Eigentlich hab ich noch so viel Scheiß heute zu machen. Ich bin mit Putzen dran die Woche und für die Uni muss ich auch noch was vorbereiten." Die Lüge ging mir nicht so einfach über die Lippen, wie die meisten anderen und ich sah ihm an, dass er sie durchschaute. Das Lächeln auf seinem Gesicht verschwand nicht abrupt, aber es kühlte merklich ab. Ich glaube auch, dass er verstand, dass ich Zeit für mich brauchte und es schlicht nicht besser zu verpacken wusste, aber es war gleichzeitig etwas, das ihn ein wenig zu verletzen schien.

Wieso konnte ich noch nicht mal bei so etwas ehrlich zu ihm sein? Mein Wunsch nach Einsamkeit für den Tag war ja nicht verwerflich. Und doch log ich. Nur, um nichts erklären zu müssen.

„Okay, ja, dann mach das mal. Ist ja nicht schlimm. Können wir ja die Tage nachholen."

Wir nippten noch ein paar Minuten am Kaffee und redeten über den gestrigen Abend. Den Teil im Club zumindest. Über das Mädchen und alles, was sonst noch lustiges passiert war. Eine wirklich lockere Atmosphäre war es, obwohl wir viel lachten, nicht.

194

Eine knappe halbe Stunde später gab ich ihm einen Abschiedskuss auf den Mund, keinesfalls einen flüchtigen sondern einen so gemeinten Kuss, dann zog ich die Tür hinter mir zu.

Ich spürte, wie eine Last von mir abfiel, als ich das Treppenhaus hinunterstieg. Und ich hasste mich dafür.

2

Wie ich bereits sagte, wollte ich auf keinen Fall wieder in meine Jugend zurück. Ich mochte nicht wieder der Teenager sein, der ich war und nicht das Kind, das ich war.

Aber ich wäre gerne ein zweites Mal *ein* Teenager. Die Zeit, in der man herausfindet, wer man ist, sich das erste Mal verliebt, das erste Bier, man lebt in den Tag hinein, ist unsterblich und unbesiegbar. Man trägt die Persönlichkeit, die man ist nach außen, lässt sie sich entfalten und schleift sich selbst.

Ich weiß nicht, ob es fair ist, aber ich habe nicht das Gefühl, dass ich auch nur annähernd dieses Standard-Programm bekommen hatte.

Ich habe ebenso erwähnt, dass ich glaube, dass die meisten in einer wesentlich beschisseneren Situation groß geworden sind, falls sie überhaupt groß geworden sind. Wie also kann ich mich beschweren?

Ich war nicht als Mädchen in China kurz nach der Geburt, oder als Homosexueller im Iran ein paar Jahre später abgemurkst worden. Ich war nicht nach ein paar

Monaten an Hunger, oder an einer völlig heilbaren Krankheit gestorben, nur weil ich in Äthiopien zur Welt gekommen war. Kein Tsunami, kein Erdbeben, keine Behinderung, fucking nichts davon.

Und doch fühlte ich mich betrogen. Es war vielleicht nicht berechtigt. Und arrogant. Aber ich fühlte mich so. Ich fühlte mich um meine Jugend betrogen, wahrscheinlicher war aber, dass ich mich selbst um meine Jugend betrogen hatte.

All die Unsicherheiten, all die Ängste, was werden würde, wer man werden würde und was das Leben noch für einen bereit halten würde. All das hatte ich und doch war es nicht echt. Ich hatte eine Kindergartenliebe, eine Sandkastenliebe, den ersten Sex, das erste Verliebtsein, die erste richtige Liebe. Aber war das ich gewesen? Oder war es wie ich glaubte, sein zu sollen und zu wollen. Wie es sich gehörte. Der perfekte Freund, der perfekte Partner, der perfekte Sohn. Es war ein Schauspiel und ich spielte mich selbst. Mich, wie ich glaubte sein zu müssen. Bis zum Schluss. Bis ich nicht mehr wusste, wer ich eigentlich war, sondern nur noch der war, zu dem ich mich selbst gemacht hatte.

All I've done
I've done for me
All you gave
You gave for free
I gave nothing in return
And there's little left of me

All die Unbefangenheit, die dem Heranwachsen innewohnt, all das nassforsche Ausprobieren, all das hatte ich nicht gewagt zu tun. Ich war nicht rebellisch gewesen, nicht aufsässig, nichts. Ich war schlicht nichts gewesen. Eine Hülle, oder eine Tarnung die ich trug. Eine Tarnung als jemand, der gewöhnlich war, brav.

Vielleicht war das der Anfang vom Ende. Die erste große Lüge, der so viele andere folgen sollten, nur um niemanden zu enttäuschen. Und ihn wollte ich erst recht nicht enttäuschen.

3

Ich stieg in die Bahn und ließ mich davonfahren. Je weiter ich mich von ihm entfernte, desto mehr versank ich in mir, desto mehr löste ich mich von meiner Umgebung, mit jeder Station, jeder Minute, die an mir vorbei zog. Lichter verschwammen zu Schemen, ich nahm nichts wirklich wahr und es fühlte sich nicht an, als würde ich auf etwas zu fahren, sondern lediglich weg von etwas.

Ich stieg aus, wo ich es immer tat und steuerte auf meine Wohnung zu. Die Sonne schien immer noch, aber es ging ein kühler Wind. Ich wich einer Frau aus, die einen Kinderwagen vor sich herschob. Sie telefonierte.

Ich beschloss noch eine Runde durch den Park zu drehen, der unweit entfernt lag. Ich wollte nicht in die

Enge meines Zimmers zurück. Ich angelte Kopfhörer aus meiner Jacke und schloss sie an. Mir war nach Musik. Ich scrollte durch die Stücke, die auf meinem Handy hatte. Ich wählte ein Stück von Bowie. Eines der neueren. *„Welcome to reality!"* brüllte er ins Mikrofon. Wie Recht er hatte.

Wege umschlossen eine große Wiese, auf der ein paar Jugendliche Fußball spielten. Die Pfosten ihrer Tore hatten sie aus Rucksäcken gebildet.

Ich setzte mich auf eine Bank und sah ihnen zu. Ich zündete mir eine Zigarette an, mehr aus Gewohnheit, als dass ich Lust darauf hatte. Meine Gedanken hatten keine Struktur, auch wenn sie immer wieder auf das gleiche zurück kamen. Ich sah auf meine Hände. Fünf Finger. Das Muttermal auf der einen, mit dessen Hilfe ich mir als kleines Kind beigebracht hatte, rechts und links zu unterscheiden. Feine Härchen hier und da. Ein etwas verbeulter Daumen an der linken Hand, von einem Hammer, den die rechte geschwungen hatte. Er hatte sich nie ganz erholt davon. Genauso wenig die große Narbe die den Handballen meiner rechten zierte, nachdem ich als Kind durch eine Glastür gerannt war. Sie war immer da und auch wenn ich sie kaum wahrnahm, trug ich sie bis zum Ende mit mir herum.

Was, wenn man im Leben Anderer irgendwann auch nichts anderes mehr ist als eine Narbe?

Die Sonne blickte direkt in meine Richtung und blendete mich. Ein Schweißtropfen rann von meiner Schläfe, obwohl es noch nicht mal besonders warm war.

Alles begann sich zu drehen, Blitze zuckten hinter meine Augenlider hin und her, fast wie bei einem Trip.

Ich musste an den Moment denken, als ich heute morgen neben ihm aufgewacht war. Ich wollte ihn einfrieren, in ihm verweilen. Aber es ging immer weiter. Der nächste Moment und der nächste und der nächste. Wie viele würde ich noch hinbekommen? Wie viele, in denen ich gut zu ihm war, in denen ich auch ihm gut tat, nicht nur umgekehrt. Und wie viele, bis es mir wirklich zu eng werden würde, bis er mir zu nahe kommen würde. Ich wollte mich ihm öffnen und andererseits auch nicht. Wie begehrenswert würde er die Person finden, die ich wirklich war?

Klar, es gehörte auch der Typ, der ihn heute morgen zärtlich auf die Stirn geküsst hatte, zu mir. Die herausgeputzte Version. Aber eben auch die abgeschminkte Fratze, der man ansah, dass sie aufgegeben hatte. Wenn nichts einen Sinn hatte, dann hatte er auch keinen.

Er war noch so jung. Wieso ihn mit hineinziehen? Es würde jede Unbekümmertheit nehmen. Wie konnte ich das verantworten? Wie würde ich es je verantworten können, irgendjemand, den ich liebte, an mich zu ziehen? Ich wollte ihn und er wollte mich. Eigentlich ganz einfach.

Aber er sollte mich nicht wollen und ich durfte ihn nicht wollen. Aus Angst davor, wirklich nackt vor ihm zu stehen, nicht nur ohne Kleider, aus Angst davor, dass er mich irgendwann loslassen würde, wenn ich ihm nicht zuvor käme. Alles hing zusammen, war verknotet, wie die Lichterkette, die man jedes Weihnachten wieder hervorkramte. Es gelang mir nicht, sie zu entwirren.

Die Gedanken zischten durch meinen Kopf, zu schnell, um sie zu fassen.

Was tun? Ich begriff nicht, dass ich nichts begriff. Wäre es nicht am einfachsten, all dem den Rücken zu kehren? Ihn ihn sein zu lassen und mich mich? War das der Knoten, den ich lösen müsste, um die Lichterkette zu entflechten?

Ein kleiner Vogel landete auf der Bank, kaum einen Meter von mir entfernt. Seinen Kopf legte er auf die Seite und es wirkte, als würde er mich mustern. Seine blauen Federn schimmerten im Sonnenlicht. Ich konnte mich nicht erinnern, diese Art jemals gesehen zu haben. Er war kaum größer als eine Meise. Er schüttelte sich und hüpfte anschließend ein paar Zentimeter von mir weg. Seine schwarzen Knopfaugen waren von einem weißen Federring umrandet. Er hatte sie weiterhin auf mich gerichtet. Eines zumindest. Sein Schnabel war ebenfalls weiß.

Ich musste an ihn und sein Snickers denken. Mein Mund verzog sich zu einem Lächeln, ohne dass ich es wirklich merkte.

Der Vogel schien aber ohnehin nicht auf der Suche nach Futter zu sein. Stattdessen knabberte er in seinem Gefieder herum.

Ich schlug ein Bein über das andere. Er hielt inne, ließ sich aber nicht aus der Ruhe bringen. Ich war neugierig, wie weit ich gehen konnte, aber verscheuchen wollte ich ihn auch nicht. Dennoch rückte ich ein paar Zentimeter auf ihn zu. Er legte wieder den kleinen Kopf auf die Seite. Sonst nichts.

Ich platzierte meine Hand neben mir und bewegte sie langsam auf ihn zu, die Handfläche nach oben. Keine Reaktion. Zentimeter für Zentimeter kam ich ihm näher. Ich spürte wie mein Puls höher schlug, ohne wirklich zu verstehen warum. Als ich ihn beinahe berührte, hielt ich inne.

Immer noch keine Reaktion. Ich wagte es nicht, ihn tatsächlich zu berühren. Er wirkte so zerbrechlich.

Plötzlich hüpfte er auf meine Handfläche. Genau in die Mitte. Als wäre es völlig selbstverständlich.

Ich wusste nicht genau, wie ich damit umgehen sollte. Ich hob meine Hand leicht an, er blieb ungerührt sitzen. Ich führte meine Hand in einem Halbkreis vor mich und hob sie soweit an, dass er fast direkt vor meinem Gesicht war.

Eine Sekunde, zwei, drei. Er hob ein Bein, aber stellte es gleich wieder ab. Ich spürte seine kleinen Krallen kaum auf der Haut. Als hätte er gar kein Gewicht.

Er flatterte mit den Flügeln, hob aber nicht ab. Ich war wie paralysiert.

Plötzlich schoss sein Schnabel herab und bohrte sich in meine Hand. Reflexartig zog ich sie zurück und der blaue Vogel flog davon. Einfach so. Als wäre es jetzt Zeit dafür.

Ich blickte auf meine Hand. Es tat nicht wirklich weh, aber ein kleiner Blutstropfen hatte sich in der Mitte meiner Handfläche gebildet und begann langsam in Richtung meines Arm herabzulaufen. Ich ließ es geschehen. Außerdem war ich noch zu verwundert, zu erstaunt, um überhaupt zu reagieren.

Ich fand mich in meinem Bett wieder. Ein paar Stunden später. Diesmal zögerte nicht der Schlaf sich meiner zu bemächtigen, sondern ich zögerte einzuschlafen.

Meine Gedanken wirbelten durcheinander und waren noch lange nicht fertig damit, sich zu einem schlüssigen Bild zusammenzufügen. Ich haderte. Tief in meinem Inneren hatte ich mich wahrscheinlich bereits entschieden. Ich konnte nicht anders als ihn loslassen. Zumindest, wenn ich nur halbwegs fair zu ihm sein wollte. Wie lange konnte ich ihm schon vormachen, etwas zu sein, was ich nicht war. Er wusste nur, wer ich war, wenn er auch da war. Niemand wusste, wer ich war, wenn niemand da war. Sicher, er war auch nicht perfekt und wie ehrlich er umgekehrt zu mir war, wusste ich natürlich auch nicht, aber ich bezweifelte, dass es auch nur annähernd vergleichbar war.

Ich bemerkte, dass ich mich im Kreis drehte. Ich konstruierte Lösungen und verwarf sie gleich wieder. Es gab keine. Keine, bei denen dauerhaft etwas gut werden würde.

Die Schwerkraft presste mich ins Bett. Ich konnte nicht anders.

Plötzlich musste ich wieder an den Vogel denken. Was ein merkwürdiges Tier. Es wirkte beinahe ein wenig surreal auf mich. Irgendwann fielen mir die Augen zu, wie der Vorhang nach dem letzten Akt.

Drei Tage vergingen. Dann trafen wir uns wieder. Auf einen Spaziergang.

Eins

1

Nachdem mich die verrückte Frau angerempelt hatte, bogen wir nach links ab und ließen das Zentrum hinter uns. Dem seltsamen Zwischenfall gelang es jedoch nicht, die Stimmung zu lockern. Wir liefen schweigend nebeneinander her.

Ich wusste nicht so recht wie ich anfangen sollte. Immer wenn ich einen Satz in meinem Kopf gefunden hatte, verwarf ich ihn wieder, hatte ich das Gefühl, er würde nicht passen.

Eine weitere Biegung und ich konnte bereits die Stelle sehen, wo wir gesessen hatten, als wir uns das erste mal getroffen hatten.

Der Wind nahm zu, es war kalt. Wieder hatte ich meinen Schal vergessen.

Er griff meinen Arm und hielt mich fest. Ich drehte mich zu ihm. Er sah mir in die Augen. Sein Blick hielt meinem stand. Er zog mich an sich und wir umarmten uns. Er hielt mich lange fest. Länger als eine übliche Umarmung.

„Sag nichts!", flüsterte er mir ins Ohr.

„Ich-", begann ich.

„Nein. Noch nicht."

Er löste sich von mir und nahm meine Hand. Er nickte mit dem Kopf in eine Richtung und wir gingen weiter. Ich sagte nichts, er sagte nichts.

Passanten zogen an uns vorbei, ich nahm keinen einzigen individuell war. Die meiste Zeit blickte ich auf meine Schuhe. Sie waren schwarz und immer noch ein bisschen verschmutzt von dem Abend im Club vor ein paar Tagen. Vor ein paar Tagen. Als noch alles anders war.

Wie viele Menschen wohl in einem Moment das gleiche taten? Ich wusste nicht, warum mir ausgerechnet dieser Gedanke in den Kopf schoss. Wie viele schliefen, wie viele waren wach? Wie viele wurden geboren, wie viele starben und wie viele machten einen letzten Spaziergang am Flussufer?

Wir gingen über eine Brücke und auf der anderen Seite wieder in die Richtung aus der wir gekommen waren. Sekunden und Minuten verstrichen in quälender Langsamkeit. Seine Hand lag noch in meiner, unverändert. Sein Blick ging stur geradeaus. Die Skyline, der Weg, eine Kirche schräg rechts von uns. Ich glaubte nicht, dass er die Dinge wirklich sah.

Irgendwann hielt ich es nicht mehr aus.

2

„Ich kann nicht sein, was ich will. Ich wäre es so gerne, weißt du. Die Vorstellung, dich an meiner Seite zu wissen ist unglaublich schön. Es wäre das beste, was mir passieren könnte. Um genau zu sein, es wäre das einzig Gute überhaupt.

Ich hasse mein Leben. Ich hasse die Welt in der ich lebe. Ich habe keine Ziele, keine Zuversicht, keine Hoffnung. Ich existiere vor mich hin, ohne Sinn und Verstand. Und das, was sich zwischen uns in den letzten Monaten entwickelt hat, hat mich alles andere aushalten lassen. Alles außerhalb dieser Blase, in der wir uns bewegt haben. Niemand sollte mich mitschleppen müssen.

Ich habe dich damals schon verletzt und ich würde es wieder tun. Und je näher du mir kommen würdest, desto eher würde es passieren und je näher ich dir kommen würde, desto mehr würde es dich verletzen. Ich kenne mein wahres Ich, du nur, was ich bereit war, dir zu zeigen.

Weißt du, ich will mit dir zusammen sein. Ich will mit dir aufwachen, mit dir einschlafen. Das volle Programm. Dich küssen, mit dir reden, mit dir schweigen. All das, was dazu gehört. Ich habe mich so hart in dich verliebt und ich kann es trotzdem nicht. Es wäre nicht richtig. Es wäre selbstsüchtig. Ich kann dir mich nicht antun, eben weil ich dich liebe. Und das klingt vielleicht abgedroschen, oder bescheuert, oder widersprüchlich, aber das ist mir scheißegal. Ich weiß zwar, was ich will, aber auch was ich verdiene. Und das ist alleine zu sein. Alleine zu sein, bis es irgendwann vorbei ist. Es ist das einzige was ich vertreten kann."

Wir blieben stehen. Ich zündete mir eine Zigarette an. Er auch.

„Das ist die beschissenste Liebeserklärung, die ich je bekommen habe," sagte er nach ein paar Momenten mit brüchiger Stimme.

„Ich kann nicht-"

„Ich weiß."

III

Ein Tag im Januar

1

Drei Monate waren vergangen seit ich ihn das letzte Mal gesehen hatte. Alles war, wie es immer gewesen war. Gleich beschissen. Nur ohne Höhen. Er fehlte mir. Wir hatten nicht einmal mehr geschrieben seitdem. Ich hatte sein Gesicht immer noch genau vor mir. Sein Lächeln. Ich hatte kaum geweint, aber ich fühlte mich hohl. Die Tage zogen an mir vorüber ohne, dass ich sie verbringen wollte. Ich war immer noch hier. Und ich wusste immer noch nicht wozu. Vielleicht wusste ich es sogar weniger als jemals zuvor. Ich war nur noch ein Gegenstand, an dem sich das Licht brach. Ich trank mich in den Schlaf und quälte mich am nächsten Tag mit dicken Augen aus dem Bett. Alles um mich herum schien weichgezeichnet und zog Schlieren nach sich.

2

Heute ist wieder so ein Tag. Ich stehe auf und trinke ein paar Tassen Kaffee. Es ist Winter, Januar, der zehnte, aber es ist verhältnismäßig warm. Schlafen ist das beste, was mir noch geblieben ist. Es ist wie eine Betäubung.

Ich wanke in die Küche und öffne den Kühlschrank. Verdammt leer. Eine halbvolle Flasche Wodka von meinem Mitbewohner steht noch darin. Ich nehme einen Schluck. Dann noch einen. Ich atme tief ein und ebenso tief wieder aus. Besser!

Eine Zigarette auf dem Balkon später kehre ich wieder in die Wohnung zurück und sehe mich um. All der Scheiß, der herum steht. Kommoden, Spiegel, Fußmatten. Wer braucht so etwas eigentlich? Ich sehe in den Hinterhof, sehe einen Mann, der an die Ulme pinkelt. Ich nehme noch einen Schluck Wodka.

Ich entscheide mich zu duschen. Auch wenn ich nicht weiß für wen. Ich erwarte niemand. Und wie mein Spiegelbild aussieht, ist mir egal. Meine Haare sind fettig, aber wen interessiert das schon?

Ich durchsuche den Badezimmerschrank nach Shampoo. Meines ist leer. Der Kulturbeutel meines Mitbewohners fällt mir aus der Hand und entleert sich auf den Boden. Dabei fällt auch ein kleines Fläschchen heraus. Es sieht aus wie Shampoo, das man in einem Hotel bekommt. Ich dusche. Nicht lange. Das heiße Wasser rinnt teilnahmslos an mir herab und verschwindet im Abfluss.

Ich trockne mich halbwegs ab und werfe das Handtuch auf einen Haken. Danach räume ich seinen Scheiß zusammen. Ein Einwegrasierer, ein Deo, Nagelfeile und so weiter. Ich stelle den Kulturbeutel wieder an Ort und Stelle zurück. Ich drehe mich zur Tür und spüre, dass ich auf etwas trete. Ich sehe nach unten. Tabletten-blister. Scheinbar habe ich sie übersehen. Ich hebe sie auf und mustere sie. Schlaftabletten. Eine ganze Menge. Wieso hat mein Mitbewohner so etwas? Zwei sind aus einem der Blister herausgelöst. Der Rest unberührt. Ich wiege sie in meiner Hand. Ich überlege. Dann beschließe ich, sie einzustecken. Ich gehe zurück zum Kühlschrank und nehme den Wodka mit in mein Zimmer. In ziehe mich an und leere dabei die Flasche. Ich merke wie der Alkohol durch meinen Körper rauscht. Als würde ich spüren, wo er gerade ist.

Ich blicke auf die Tabletten. Dann aus dem Fenster. Dann wieder auf die Tabletten. Ich habe Angst. Ich habe Angst vor dem was passieren würde.

Ich presse zwei Blister leer und lege sie auf mein Bett. Eine handvoll.

Ich setze mich daneben und starre ins Leere. Kein Geräusch dringt zu mir vor. Nicht von der Straße, nicht aus dem Haus. Ich habe keine Ahnung, wie lange ich hier sitze. Zeit spielt keine Rolle. Der Alkohol beginnt zu wirken. Er wirbelt in meinem Kopf umher.

Ich schlafe im Sitzen ein.

3

Ich wache auf und habe das Bedürfnis spazieren zu gehen. Ich muss aus dem Zimmer. Es dämmert bereits.

Wie lange habe ich geschlafen? Ich weiß es nicht. Es ist auch egal. Wie alles andere.

Ich verlasse die Wohnung und laufe durch die Straßen. Ich habe keine Richtung, kein Ziel. Einfach nur in Bewegung sein. Es fühlt sich an, als müsse ich laufen, wohin ist egal.

Ich komme in einen Park. Die Bäume werfen bereits Schatten, die ein vielfaches so groß sind, wie sie selbst. Ich schlendere nicht, sondern gehe schnellen Schrittes. Ohne zu wissen warum. Der Park ist groß. Büsche, Bäume, Wiesen, von allem etwas. Es ist niemand zu sehen. Es ist Januar. Der zehnte. Keine Zeit für Parks. Es ist gut so. Ich will keine Gesellschaft.

Ich will eine Zigarette rauchen und lasse mich auf einer Bank nieder. Ich kann meinen Atem sehen, der dann im Rauch der Zigarette untergeht.

Es ist still. Kein Mensch, kein Tier. Nur der Park und ich. Mir ist schwindelig. Gut, dass ich sitze. Eine Hand auf dem Schoß, eine an der Zigarette. Noch zwei Züge, vielleicht drei. Ich werfe den Filter auf den Weg vor mich.

Eine Wolke schiebt sich über den Park. Dunkel und unheilvoll. Die Sonne verschwindet hinter der Szenerie. Wieder einen Tag verprasst. Wieder einer weniger. Ich schließe die Augen.

4

Ich weiß nicht, wie lange ich bereits hier sitze. Es ist kalt mittlerweile. Und irgendwie auch nicht. Ich spüre es, aber es dringt nicht wirklich in mich vor. Ich bin Zuschauer. Sogar mir selbst schaue ich nur zu. Das fahle Licht der Laterne gelingt es nicht die Dunkelheit ernsthaft zu zerschneiden. Nichts flattert um sie herum.

Ein Rascheln im Gebüsch hinter mir. Noch ein bisschen entfernt. Das erste Geräusch seit – ja seit wann eigentlich? Egal. Welche Rolle spielt schon Zeit? Für mich jedenfalls keine. Ich habe alle der Welt und keine. Ich hänge zwischen allem. Zwischen Aufwachen und Einschlafen, Bewegung und Stillstand, Festhalten und Loslassen.

Das Geräusch wird lauter, kommt näher. Äste knacken. Blätter rascheln. Sind es Schritte? Es sind Schritte. Gleichmäßig. Ohne Hektik. Bedächtig. Alle zwei Sekunden.

Ich will mich nicht umdrehen. Wer immer es ist, ich will es nicht wissen. Wahrscheinlich nur ein Trunkenbold, der gerade aufgewacht ist und nicht weiß, wo er ist.

Die Schritte stoppen. Wieder völlige Stille. Ich lausche. Fünf Sekunden. Zehn. Kaum Wind, kein Blätterrascheln. Nichts.

Dann noch ein Schritt. Und noch einer. Im Augenwinkel sehe ich einen Schatten auf dem Weg, wie er sich mit jedem Schritt ein wenig weiter vorarbeitet. Er ist so verzerrt, dass ihn nicht umreißen kann, nicht erahnen kann, wer es ist, oder was. Das Gebüsch liegt hinter ihm. Keine knackenden Äste mehr, nur noch das Geräusch, wenn seine Füße den Boden berühren.

Der Schatten schiebt sich weiter vorwärts. Er kann nur noch eine Armeslänge hinter mir sein. Ich widerstehe dem Verlangen mich umzudrehen.

„Guten Abend!", sagt eine Stimme. Sie klingt männlich, wenn auch nicht sehr tief, heiser, rau.

„Guten Abend!", gebe ich zurück. Mir fällt nichts besseres ein.

„Was machst du so spät hier?" Er duzt mich.

„Kennen wir uns?", frage ich.

„Nicht wirklich. Aber wenn du magst, lernen wir uns kennen."

Ich schweige. Ich habe keine Angst, kein Unwohlsein. Mir ist immer noch schwindlig. Aber es fühlt sich gut an.

„Halte dich einfach an mir fest und alles wird gut!"

Ich kann nicht länger. Abrupt drehe ich mich um. Ich blicke in zwei dunkle Augen, rot umrandet. Sie blicken auf mich herab. Er ist groß, so groß, dass es schon merkwürdig ist. Graue Federn laufen seinen Rücken herab, immer dunkler werdend, bis sie fast schwarz sind. Lange kräftige Beine. Ein zweigeteilter, schmaler Schwanz. Der Schnabel ist ebenfalls grau. Die Brust auch. Bis auf eine Stelle in der Mitte. Leuchtend blaue Federn bilden eine Art oval, oder vielmehr die Form einer Träne.

Spreche ich gerade wirklich mit einem Vogel? Und noch viel entscheidender: Spricht der Vogel gerade wirklich mit mir?

„Wer-?"
„Wer immer du willst."
Ich wende den Blick von ihm ab. Sehe an mir herab. An meinem Körper, der Hülle von etwas, das ich nie verstanden habe.
Meine Füße. Erst jetzt fällt mir auf, dass ich keine Schuhe trage. Wie kann ich das vergessen haben?
Meine Hände. Die Stelle in meinem Handteller, die nicht richtig verheilt ist. Sie ist immer noch rot, als wäre sie entzündet.

„Kommst du?", fragt er.

Ich stehe auf, gehe auf ihn zu und halte mich fest. Dann löst sich der Boden von unseren Füßen. Seine kräftigen Flügel tragen uns davon. Wohin auch immer.

This way or no way
You know, I'll be free
Just like that bluebird
Now ain't that just like me?
Oh I'll be free
Just like that bluebird
Oh I'll be free
Ain't that just like me?

Abschließend:

Ich möchte mich bei meinem Vater bedanken.
Für alles.